Chères lectrices,

Déjà la fin de l'année ! Encore [...] temps passer : à peine l'automne s'est-il installé que l'hiver nous surprend, sans que la froideur soit forcément au rendez-vous. Peu importe le climat d'ailleurs, car Noël est avant tout un état d'esprit, l'envie de créer une atmosphère chaleureuse et réconfortante pour soi et pour les siens, de constituer un havre de lumière et de gaieté au cœur de la grisaille hivernale. Les fêtes de fin d'année rythment donc, entre toutes, notre métronome intérieur : elles sont le moment privilégié où nous nous ressourçons aux lumières de la fête et aux délices de la bonne chère.

Mais surtout, la célébration de Noël et de la nouvelle année sont l'occasion de se retrouver en famille : si nous sommes souvent éloignés de ceux que nous aimons pendant l'année, les fêtes de fin d'année sont l'exception de nos calendriers... Chacun d'entre nous s'efforce d'être au rendez-vous pour voir la famille au grand complet. Voici pourquoi deux romans de votre collection Azur de ce mois-ci se placent sous le signe des retrouvailles familiales. Retrouvailles avec son père, comme c'est le cas de Laura, l'héroïne de *L'impossible révélation* (n° 2164), ou avec le père de son enfant, comme pour Meredith dans *Le plus beau des Noëls* (n° 2159).

Mais le cœur de l'hiver a aussi une tonalité sentimentale... Laquelle d'entre nous n'a pas rêvé de passer le réveillon de fin d'année aux chandelles, en tête à tête avec l'homme de sa vie ? Quoi de plus romantique en effet que les vœux et les promesses murmurés à l'oreille, tandis que dehors se font entendre les feux d'artifice et le joyeux brouhaha des passants ! C'est cet aspect romantique que reflètent les autres romans de ce mois-ci : qu'il s'agisse de retrouvailles avec un amour d'antan (n°ˢ 2163 et 2161) ou de rencontres inattendues (n°ˢ 2166, 2160 et 2162), l'amour donne des ailes et diffuse sa chaleur bienfaisante dans les cœurs, quelle que soit la saison !

Etes-vous confortablement installée ? Alors, il ne me reste plus qu'à vous souhaiter une très bonne lecture... et un joyeux Noël !

La responsable de collection

La favorite du cheikh

LUCY GORDON

La favorite du cheikh

COLLECTION AZUR

Si vous achetez ce livre privé de tout ou partie
de sa couverture, nous vous signalons qu'il est
en vente irrégulière. Il est considéré comme
« invendu » et l'éditeur comme l'auteur n'ont
reçu aucun paiement pour ce livre « détérioré ».

*Cet ouvrage a été publié en langue anglaise
sous le titre :*
THE SHEIKH'S REWARD

Traduction française de
MONIQUE DE FONTENAY

HARLEQUIN ®
est une marque déposée du Groupe Harlequin
et Azur ® est une marque déposée d'Harlequin S.A.

*Toute représentation ou reproduction, par quelque procédé que ce soit, constitue-
rait une contrefaçon sanctionnée par les articles 425 et suivants du Code pénal.*
© 2000, Lucy Gordon. © 2001, Traduction française : Harlequin S.A.
83-85, boulevard Vincent-Auriol, 75013 Paris — Tél. : 01 42 16 63 63
Service Lectrices — Tél : 01 45 82 47 47
ISBN 2-280-04867-1 — ISSN 0993-4448

1.

Il était assurément prince jusqu'au bout des ongles. Grand, la chevelure sombre, un port de tête altier, la démarche royale, Ali Ben Saleem, cheikh de la principauté de Kamar, attira tous les regards dès son entrée dans la salle de jeu du casino.

Ce n'était pas seulement la beauté de ses traits, ni son allure royale, qui retenaient ainsi l'attention. Il se dégageait de sa personne une impression plus subtile. Cet homme était incontestablement un gagnant, que les représentants de la gent masculine ne pouvaient s'empêcher d'envier et les femmes d'admirer.

Frances Callam joignit son regard à ceux des autres. Mais le sien était plus aiguisé, car Ali Ben Saleem était l'homme qu'elle avait choisi comme objet d'étude.

Journaliste spécialisée en économie, Frances avait acquis un talent redoutable pour disséquer impitoyablement les personnalités en vue, en particulier celles qui comptaient parmi les plus grandes fortunes de ce monde, et dont le prince Ali était sans nul doute l'un des plus beaux fleurons.

— Ainsi, c'est lui ! murmura Joey Baines, visiblement impressionné, tandis que le prince s'avançait vers leur table de jeu.

Joey était un détective privé dont Frances louait parfois les services. Il l'accompagnait pour cette soirée spéciale

7

entre toutes où elle pourrait regarder tout à loisir son objet d'étude dépenser ses millions en frivolités.

— Oui, c'est bien le prince Ali Ben Saleem, fidèle à sa réputation !

— Et que dit cette réputation ?

— Qu'il fait sa propre loi, ne rend de comptes à personne. Nul ne sait d'où vient son immense fortune, ni ce qu'il en fait.

— Nous savons tout de même qu'il possède des puits de pétrole dans le désert et...

— ... qu'il vient dépenser une partie de sa fortune ici ! énonça Frances, le regard sombre et réprobateur.

— Souris, que diable ! protesta Joey qui semblait, quant à lui, apprécier de se retrouver dans pareil environnement. Ne pouvons-nous, pour une fois, profiter de la vie ? Nous sommes ici pour la bonne cause !

— Nous sommes ici en mission, Joey, ne l'oublie pas ! Je considère comme un devoir d'épingler cet homme qui fuit les questions des journalistes. Je trouverai ce qu'il a à cacher, même si je dois pour cela le poursuivre jusqu'au bout de la terre !

Joey desserra le nœud de sa cravate, mal à l'aise dans ces vêtements stricts endossés pour la circonstance.

— Euh... tu m'excuseras, Frances, mais j'ai vraiment du mal à me faire à l'idée que tu sois venue ici, habillée comme une déesse, seulement pour travailler ! rétorqua Joey en lançant un regard admiratif vers la jeune femme éblouissante de beauté dans sa robe du soir qui moulait ses formes parfaites.

— Du calme, Joey ! Cette robe est ma tenue de travail. Elle doit donner à penser que je fais partie de ce monde.

Elle avait au moins réussi sur ce point. Le fourreau noir mettait sa poitrine en valeur et une fente sur le côté laissait deviner le haut de sa jambe fuselée. Au moment de louer ce vêtement pour le moins provocant, elle avait hésité, mais elle ne regrettait pas son choix. Au milieu des paillettes du Golden Choice, le luxueux casino de Londres, ce vêtement se révélait le plus approprié.

Pour compléter sa tenue, Frances avait également loué des bijoux. Des pendentifs ornaient ses oreilles, de lourds bracelets ses poignets, et un collier soulignait son décolleté extravagant.

« Seigneur, j'ai l'air d'une femme entretenue ! » avait-elle pensé devant son miroir, avec une moue réprobatrice. Mais désormais, elle était pleinement rassurée : sa tenue ne se distinguait en rien de celles portées par les autres femmes de l'assistance, que l'arrivée du prince semblait avoir soudain électrisées, chacune rivalisant d'ingéniosité pour attirer son regard. Sa royale Majesté daignait les gratifier d'un sourire ou d'un baiser lancé du bout de ses doigts effilés.

— Quelle suffisance ! s'indigna Frances. Je croyais cette race d'hommes à jamais éteinte.

— Seuls ont disparu ceux qui n'avaient pas les moyens de s'imposer, répliqua Joey, avec son bon sens habituel. Les grands de ce monde par la fortune affichent toujours la même arrogance. Pourquoi s'en priveraient-ils ? Tout le monde leur baise les pieds. Regarde autour de toi, Frances, tous les hommes dans cette salle rêvent d'être à sa place et les femmes de partager sa couche !

— Pas toutes, Joey ! J'ai bien des fantasmes, mais pas celui-là !

Un joueur s'était levé pour laisser Sa Majesté prendre place à la table de jeu. Celui-ci s'installa et misa aussitôt des sommes extravagantes qu'il perdit avec un simple haussement d'épaules.

Révoltée, Frances constata avec quel détachement il traitait l'argent. Elle nota également que la roulette lancée, il perdait tout intérêt pour les femmes qui l'entouraient. Face à l'excitation du jeu, celles-ci n'existaient plus.

— Incroyable ! murmura-t-elle à l'oreille de Joey. Pourquoi ne lui crachent-elles pas au visage ?

— Cracher sur des milliards, tu n'y penses pas ! Pourquoi es-tu donc aussi sévère, Fran ?

— C'est plus fort que moi, reconnut la jeune femme. Sans doute est-ce le résultat de mon éducation. Je ne supporte pas les injustices. Cet homme qui dépense tant d'argent sur le tapis d'une table de jeu alors que d'autres meurent de faim me donne la nausée.

Le monde était, en effet, trop injuste. Il avait suffi au prince Ali de naître pour avoir aussitôt tout ce qu'il désirait. Fils unique du cheikh Saleem, aujourd'hui décédé, il avait hérité de la principauté à l'âge de vingt et un ans. Son premier acte de souverain avait été de résilier l'ensemble des contrats liant son pays aux grandes compagnies pétrolières. Un par un, il les avait renégociés, afin d'assurer à son royaume les plus grands profits possible. Les compagnies avaient commencé par protester mais toutes s'étaient finalement inclinées. Le pétrole issu des puits de Kamar était d'une incomparable pureté et, en dix ans, avait permis de décupler le produit intérieur brut du pays.

Le cheikh Saleem avait épousé une Anglaise, devenue la princesse Elise. Leur fils, le prince Ali, vivait une vie de luxe, partageant son temps entre deux mondes : ses fastueuses résidences de Londres et de New York et le palais des *Mille et Une Nuits* de son pays natal. Il voyageait à bord d'un jet privé et traitait des contrats mirifiques avec les représentants du monde entier.

Fatigué du monde occidental, il lui arrivait parfois de se retirer dans le désert, en un lieu mystérieux nommé Wadi Sita qu'aucun journaliste, jusqu'alors, n'avait été autorisé à visiter. Les rumeurs les plus folles circulaient à son sujet. Le prince n'en démentait aucune.

— Howard sait-il que tu es ici ce soir, Fran ? demanda Joey.

— Non, bien entendu ! Il n'approuverait pas cette initiative. Il serait furieux d'apprendre que je mène une

10

enquête sur le prince de Kamar en vue de la rédaction d'un article. J'ai tenté de lui soutirer des informations, mais il s'est contenté d'affirmer que le prince possédait l'une des plus grosses fortunes de la planète et que son royaume était un pays ami. Comme je lui faisais remarquer que bien des mystères entouraient l'origine de sa fortune, il a pâli et m'a suppliée de ne jamais rien tenter qui puisse offenser Sa Majesté !

— Il connaît ta plume acérée !

Frances laissa échapper un profond soupir.

— Howard réagit comme le banquier prudent qu'il a toujours été !

— Tu vas vraiment l'épouser ?

— Probablement... un jour... euh... peut-être.

— Quel enthousiasme !

Le visage de Frances se ferma soudain.

— Ma vie privée ne te regarde pas, Joey ! dit-elle. Concentre-toi plutôt sur l'objet de notre mission.

— *Faites vos jeux !* lança le croupier.

Le prince poussa une impressionnante pile de jetons sur le numéro vingt-sept rouge et s'adossa au dossier de sa chaise, suivant du regard la boule qui sautait d'un numéro à l'autre. Frances retint sa respiration et, hypnotisée, suivit elle aussi sa course.

— *Vingt-deux noir !* annonça le croupier en récupérant aussitôt l'ensemble des jetons placés sur les autres numéros.

Impassible, le prince prépara sa prochaine mise, puis releva la tête et croisa le regard de Frances fixé sur lui.

Quand il lui sourit, la jeune femme sentit son cœur battre une folle sarabande dans sa poitrine, et ne put s'empêcher de lui sourire à son tour. Etait-ce un hasard si leurs yeux s'étaient croisés ? Certainement pas. Il avait senti son regard sur lui et une force inconnue l'avait poussé à lever les yeux vers elle, elle en était certaine !

Soudain, le prince se pencha vers elle et lui tendit la main, avant de refermer ses doigts sur les siens. Quand il porta lentement sa main à ses lèvres, sans la quitter des yeux, la jeune femme sentit tout son corps s'embraser.

— *Faites vos jeux!* lança de nouveau le croupier.

Sans lâcher la main de Frances, le prince plaça tous ses jetons sur le vingt-deux noir. Puis, contrairement aux fois précédentes, il ignora la course de la boule, gardant ses yeux fixés sur la jeune femme, incapable d'échapper à l'emprise de ce regard.

— *Vingt-deux, noir!*

Le visage d'Ali s'éclaira tandis que le croupier poussait une pile de jetons vers lui. En un seul coup, il venait de récupérer la totalité de ses pertes! Il eut un sourire satisfait et, d'une légère inclinaison de la tête, invita Frances à prendre place à son côté.

Elle avait l'impression de vivre un rêve, et ne pouvait croire à ce qui lui arrivait. Venue dans ce lieu de perdition pour observer incognito le tout-puissant prince Ali Ben Saleem, voilà que le destin lui donnait l'occasion de l'approcher!

— Vous m'avez porté chance! énonça ce dernier alors qu'elle s'asseyait près de lui. Vous devez rester auprès de moi afin que je la conserve.

Elle lui sourit.

— Ce qui vient de vous arriver est le fait du hasard. Cela n'a absolument rien à voir avec moi.

— Je suis d'un autre avis. Votre regard a suffi pour que la chance tourne. Vous m'avez regardé, moi, et personne d'autre.

« Quelle suffisance! pensa de nouveau Frances. Fort heureusement, elle sert mes plans! Sinon je ne manquerais pas de lui faire connaître ma façon de penser! »

— *Faites vos jeux!*

Comme le prince, d'un signe de la main, l'enjoignait de jouer pour lui, Frances poussa impulsivement les jetons sur le quinze rouge et retint sa respiration tandis que la boule entamait sa course folle.

Quinze, rouge!

Un murmure parcourut l'assistance. Tous avaient les yeux fixés sur la boule arrêtée sur le chiffre annoncé. Tous, sauf le prince, dont les yeux n'avaient pas quitté le visage de Frances. Lorsque le croupier poussa ses gains vers lui, il se contenta de sourire, comme s'il avait deviné ce qu'il venait de se produire.

— Je n'arrive pas à y croire! énonça Frances, littéralement sidérée.

— Cela ne fait que confirmer mon intuition : vous me portez chance!

— Non! Seul le hasard est à l'œuvre. Arrêtez immédiatement de jouer et profitez de vos gains. La chance ne peut vous sourire indéfiniment.

— Jouez pour moi une fois encore. Tous les jetons!

Pourquoi pas? Après tout, s'il aimait perdre, c'était son problème, pas le sien! songea Frances en poussant l'ensemble des jetons sur le tapis.

Mais elle s'arrêta, perplexe.

— Je ne sais quel numéro choisir, avoua-t-elle.

— Quel jour du mois êtes-vous née?

— Le vingt-trois.

— Quelle couleur a votre préférence, le rouge ou le noir?

— Le noir.

— Alors, misez tout sur le vingt-trois, noir! ordonna-t-il.

Frances obéit et regarda, fascinée, la boule rebondir d'un numéro à l'autre.

— *Vingt-trois, noir!* annonça le croupier.

Le prince plongea son regard dans le sien et murmura, ébloui :

— Vous êtes une vraie magicienne!

— Non...

— Vous persistez à le nier, mais vous possédez manifestement un pouvoir magique. Un pouvoir auquel je ne puis résister.

Sur ces mots, il porta de nouveau sa main à ses lèvres et déposa un fervent baiser dans le creux de sa paume. Une onde de chaleur parcourut le corps de Frances qui, sur le point de retirer sa main, se ravisa. Elle était en mission et devait jouer la comédie jusqu'au bout. Une femme parée comme elle l'était ne se comportait pas comme une collégienne effarouchée. Elle sourit comme si l'hommage qu'il venait de lui rendre était, pour elle, tout à fait habituel.

Le croupier poussa le montant du gain devant le prince. Un homme, debout derrière lui, compta aussitôt les jetons et inscrivit le montant final sur une feuilles de papier qu'il lui tendit.

Ali la montra à Frances qui en eut le souffle coupé.

— Je crois que je peux vous inviter à dîner ! annonça-t-il.

Frances hésita. Sa raison lui dictait de refuser cette invitation d'un homme qu'elle ne connaissait pas une heure plus tôt, tandis que son désir de mener à bien sa mission la poussait à l'accepter. Après tout, que pouvait-il lui arriver dans un restaurant, lieu public par excellence ?

A l'autre bout de la table, Joey l'observait, stupéfait. Frances lui adressa un clin d'œil complice et accepta le bras que lui offrait Sa Majesté.

Une Rolls Royce attendait le prince devant la porte, qui aida galamment Frances à prendre place sur la banquette arrière. Le chauffeur s'installa au volant et démarra sans attendre de plus amples instructions.

A peine la voiture s'était-elle mise en route que le prince portait la main à sa poche et en sortait deux colliers, l'un de perles rares, l'autre de diamants.

— Lequel préférez-vous ? demanda-t-il.

— Pardon ?

— L'un de ces deux colliers est pour vous. Choisissez celui que vous préférez.

Ainsi, le prince se promenait avec d'inestimables bijoux au fond de ses poches, qu'il offrait à la première venue! Frances faillit laisser libre cours à sa révolte, mais elle se retint. Si c'était un jeu, elle voulait bien jouer...

— Je prends le collier de diamants! lança-t-elle.

— Alors, laissez-moi ôter de votre cou le collier que vous portez. L'homme qui vous a offert cette pacotille ignore votre vraie valeur.

Du bout de ses doigts, il effleura sa peau dénudée et un long frisson parcourut la jeune femme. Ce jeu se révélait plus dangereux qu'elle ne l'avait pensé. Elle s'était préparée à analyser, à disséquer cet homme tout-puissant, à lever le voile de mystère qui l'entourait, à déverser sur lui sa hargne et son mépris. Mais rien ne l'avait préparée à la vague d'émotion qui la submergeait à son contact.

— Ce collier semble avoir été fait pour vous, murmura-t-il tout contre son oreille. Jamais une femme n'a aussi bien porté les diamants.

— Vous parlez, bien entendu, d'expérience...

Il rit, et ne parut ni offensé, ni honteux.

— Plus encore que vous ne pourrez jamais l'imaginer. Mais, ce soir, par votre beauté et votre charme, vous éclipsez toutes les autres femmes. Vous seule existez à mes yeux. Quel est votre nom?

— Je m'appelle...

Elle eut une soudaine inspiration.

— ... Diamond.

Les yeux du prince brillèrent de mille étoiles.

— Vous avez de l'esprit et j'aime ça. Diamond! Ce nom vous convient à merveille. Vous êtes un pur diamant. Mais, avant la fin de la nuit, vous me révélerez vote autre nom, le vrai, j'en suis certain.

Il prit ses deux mains dans les siennes et les examina.

— Vous ne portez ni bague de fiançailles, ni alliance, observa-t-il. Vous êtes donc une femme libre.

— Je n'appartiens, en effet, à aucun homme. Je suis libre et n'éprouve nul désir de perdre cette liberté.

— C'est que vous n'avez jamais connu l'amour véritable, le don total de soi. Lorsque cela vous arrivera, vous appartiendrez totalement à l'homme que vous aimerez et...

— A qui appartenez-vous ?

Il se mit à rire.

— Mon cas est un peu spécial. Disons que j'appartiens à un million de sujets, qui constituent le peuple de Kamar. Les membres de ma famille ne sont pas libres de disposer de leur cœur. En tout cas, c'est ainsi que je vois les choses. Parlez-moi de cet homme qui vous accompagnait. Qui est-il ? Votre amant ?

— La réponse vous importe-t-elle ?

— Non. Il vous a laissée partir et n'a pas cherché à vous protéger de mes avances. Il est pour moi sans importance.

— Suis-je en danger auprès de vous ?

— Peut-être est-ce moi qui le suis...

— Qui sait ?

Il fronça les sourcils.

— Vous êtes une femme très dangereuse, Diamond. En plus d'être belle, vous avez de l'esprit...

Il paraissait légèrement surpris. Pour cet homme habitué aux conquêtes faciles, toute femme s'achetait avec un collier de diamants. Mais tel serait pris qui croyait prendre...

— Nous nous sommes désirés au premier regard, n'est-ce pas ? murmura-t-il d'une voix rauque en se penchant vers elle pour effleurer ses lèvres d'un baiser.

Ces paroles avaient quelque chose de terriblement choquant mais, hélas, elles reflétaient la stricte vérité ! La raison commanda aussitôt à Frances d'ouvrir la portière et de sortir de la voiture, mais elle n'en fit rien. D'instinct, elle savait qu'il ne laisserait pas échapper aussi facilement sa proie.

16

Enfin, la somptueuse voiture ralentit et s'arrêta dans l'une des rues les plus huppées de Londres. Aussitôt, le chauffeur se précipita pour leur ouvrir la portière, et le prince lui offrit son bras.

Alors qu'elle posait le pied sur le trottoir, Frances prit conscience que la voiture ne s'était pas arrêtée devant un restaurant mais devant une majestueuse résidence.

La porte d'entrée tourna lentement sur ses gonds. Un homme immense, en vêtements orientaux et coiffé d'un turban, s'inclina devant eux.

— Soyez la bienvenue dans ma modeste demeure, Diamond, dit le prince Ali Ben Saleem, en l'entraînant à sa suite dans le somptueux vestibule.

2.

La porte d'entrée franchie, Frances battit des paupières, éblouie. Elle se trouvait au milieu d'un vaste hall dominé par un escalier majestueux. Les mosaïques ornant le sol et les murs étaient de véritables œuvres d'art. L'espace d'un instant, la jeune femme éprouva l'étrange impression d'être transportée dans un pays de rêve, loin, très loin de Londres.

De nombreuses portes donnaient sur le hall, toutes hermétiquement closes. L'une d'elles s'ouvrit soudain, livrant passage à un homme qui, ignorant Frances, s'avança vers le prince, s'inclina avec déférence, et se mit à converser avec lui en arabe.

A travers la porte restée entrouverte, Frances aperçut un bureau, des ordinateurs, un fax et de nombreux téléphones. Décidément, la chance était avec elle ! Sans doute venait-elle de repérer un des lieux secrets où se négociaient les fameux contrats qui faisaient la richesse du tout-puissant prince Ali Ben Saleem. Hélas, captant son regard, le prince, d'une voix sèche, donna un ordre impérieux à son interlocuteur, qui s'empressa de regagner la pièce d'où il était sorti et de refermer la porte derrière lui.

— Cette pièce est mon bureau, confirma le maître des lieux, un lieu de travail fort ennuyeux qui ne peut vous intéresser.

— Qui sait ? Vous seriez étonné d'apprendre ce qui m'intéresse !

19

Il rit.

— Une femme aussi belle que vous l'êtes ne peut avoir qu'une seule et unique préoccupation : être plus belle encore afin de plaire à l'homme qu'elle a charmé.

Sidérée, Frances le regarda : comment, à notre époque, pouvait-on encore tenir un tel langage ?

Mais quand, lui entourant les épaules d'un bras protecteur, le prince la conduisit fermement vers une autre porte qu'il ouvrit, elle retint sa respiration. Dans une petite pièce aux proportions harmonieuses, décorée avec un goût exquis, trônait une table préparée pour deux. Les verres étaient du plus pur cristal, les assiettes de la plus délicate porcelaine et les couverts, tout simplement... en or !

— Quelle merveille ! s'exclama spontanément Frances.

— Rien ne saurait être trop beau pour vous, Diamond.

« Ou pour toute autre femme que vous auriez invitée chez vous ce soir ! » pensa Frances avec une pointe d'amertume.

— Votre Majesté est trop bonne !

— Laissons de côté ces mondanités, je vous en prie, et appelez-moi Ali ! dit le prince en la guidant vers la table et en lui présentant une chaise afin qu'elle pût s'asseoir.

« Il joue au parfait chevalier servant », pensa Frances, qui commençait à s'amuser. Cependant, même si elle se comportait comme une femme conquise par le charme de son hôte, elle n'en étudiait pas moins chacun de ses gestes, notant mentalement tous les détails qui l'environnaient. Ali était, indubitablement, l'homme le plus séduisant qu'elle ait jamais rencontré. Au Golden Choice, elle n'avait pu l'observer qu'à une certaine distance mais, alors qu'il se tenait debout à son côté, elle prenait pleinement conscience de son incroyable pouvoir de séduction.

De haute taille, il possédait un corps d'athlète mais se mouvait avec une grâce innée, ou plutôt comme un félin prêt à bondir sur sa proie. Son visage dégageait un charme très particulier. Depuis le début de son enquête, Frances avait lu de nombreux articles sur le cheikh Saleem vantant les qualités physiques et morales d'un homme inspirant tout à la fois la crainte et la dévotion à son peuple. Ali avait incontestablement hérité de son père ses yeux noirs, sa bouche tout à la fois sensuelle et autoritaire et sa prestance. Mais, plus encore que le cheikh Saleem, Ali était charismatique. Il était né pour commander et chacun semblait prêt à lui obéir. Un réel danger pour Frances !

Soudain, il s'inclina devant elle.

— Je vous servirai moi-même, dit-il. J'espère, ainsi, vous être agréable.

— C'est un grand honneur pour moi d'être servie par Votre Majesté.

Il sourit et Frances n'eut aucun mal à deviner ce que signifiait ce sourire. Il croyait qu'elle était tombée sous son charme, comme toutes les autres avant elle... Eh bien, il n'allait pas tarder à déchanter !

Sur une table roulante se tenait un chauffe-plat, et Ali leur servit à tous deux un potage onctueux à souhait, que Frances trouva délicieux.

— C'est une soupe au riz et au potiron, ma préférée, expliqua Ali. Lorsque je réside à Londres, mon cuisinier en tient toujours à ma disposition. Avez-vous déjà eu l'occasion de goûter la cuisine arabe ?

— Oui. Mon plat préféré est le tajine de poulet, aux dattes et au miel, que j'ai souvent l'occasion de déguster dans un restaurant marocain situé tout près de chez moi. Hélas, le décor laisse à désirer ! L'éclairage est au néon et les peintures sur les murs, censées représenter le désert, sont d'une très mauvaise facture.

Le prince fit une grimace de dégoût.

— Le désert est bien différent, croyez-moi.

— Décrivez-le-moi !

— Les mots me manquent. Le désert est le dernier refuge du silence... Depuis des millénaires le vent y efface les traces des caravanes qui le traversent. Même ceux qui y vivent ne peuvent se vanter de l'avoir tout à fait apprivoisé. Il est tout et son contraire. Il est le froid et le feu, l'ombre et la lumière. Qui n'a pas assisté au coucher du soleil embrasant d'un seul coup ses dunes ondoyantes ne connaît rien aux sublimes beautés de la nature. En quelques minutes, la nuit chasse alors le jour et, à la clarté de la lune et des étoiles, le désert devient alors argenté et glacial. Le lever du soleil est un autre éblouissement. A l'aube, le ciel surgit derrière la ligne d'horizon et les muezzins célèbrent la victoire de la lumière sur les ténèbres. Mais à midi, ce soleil dont on a célébré le lever se fait implacable. Aucun être vivant ne peut supporter l'ardeur de ses rayons.

— C'est ainsi que je l'ai toujours rêvé... un lieu où tout est extrême !

Sans qu'elle en ait conscience, les yeux de Frances s'étaient mis à briller de mille étoiles, et Ali scruta son visage avec attention.

— Rêvé... ? répéta-t-il.

— Oui. Il m'arrive souvent de rêver de paysages et de moments tels que ceux que vous venez de me décrire. Enfant, ces rêves m'aidaient à vivre.

Le regard du prince se fit plus intense encore.

— Racontez-moi... Que s'est-il donc passé dans votre enfance ?

— Elle n'était qu'ennui. Aussi loin que je remonte dans mes souvenirs, je ne me rappelle qu'un ciel gris et pluvieux et des gens qui, à mes yeux, avaient la même couleur.

— Les adultes étaient sévères avec vous ?

— Pas vraiment. A la mort de mes parents, j'ai été recueillie par des fermiers qui étaient de lointains cousins. Ils connaissaient plus de choses sur l'élevage des vaches que sur l'éducation des enfants. Ils ont fait de leur mieux, m'encourageant à être une bonne élève. La vie auprès d'eux manquant singulièrement de fantaisie, je me réfugiais dans les rêves.

Elle eut un rire embarrassé.

— Vous allez vous moquer de moi si je vous dis que je lisais et relisais sans cesse *Les Mille et Une Nuits*...

Il joignit son rire au sien, complice.

— Pourquoi me moquerais-je ? Adolescent, ces histoires ont également nourri mon imaginaire.

— Pour se venger de l'infidélité de son épouse, un sultan prend une nouvelle femme chaque soir à qui il fait couper la tête le lendemain matin, raconta Frances.

— Jusqu'à ce qu'il rencontre Shéhérazade ! poursuivit Ali. Cette dernière réussit à le captiver et à avoir la vie sauve en lui contant chaque soir une fabuleuse histoire. L'esprit, l'intelligence de la belle Shéhérazade, me fascinaient, lorsque j'étais enfant. J'avais pour habitude de lire ce livre dans le désert...

— Alors que je le lisais, enfermée dans ma chambre, la pluie ruisselant sur les carreaux !

Il était le premier homme à qui elle se livrait ainsi. Pourtant, elle n'avait pas pour habitude de se plaindre. Ceux qui l'avaient élevée lui avaient transmis des valeurs dont elle était fière. Ils lui avaient permis de faire des études universitaires et de décrocher son diplôme de fin d'étude en économie. Mais la matière lui ayant paru trop aride, elle avait finalement choisi la carrière de journaliste, et s'était spécialisée dans l'investigation, détail qu'elle ne pouvait révéler au richissime prince Ali Ben Saleem.

Tout comme elle ne pouvait lui révéler que son oncle Dan ne lui offrait jamais de cadeau pour Noël sans faire don d'une somme d'argent équivalente à une institution de charité. Lorsque à seize ans, Frances s'était mise à rêver de toilettes et de maquillage — comme le font toutes les jeunes filles de cet âge — Dan et Jean, sa femme, lui avaient alors enseigné que soigner son apparence était futile et méprisable.

Tous deux étaient morts depuis longtemps, mais jamais Frances n'avait oublié leur enseignement. Bien qu'elle adorât les belles toilettes, jamais elle ne se permettait de jeter son argent par les fenêtres. C'est pourquoi elle détestait ceux qui en faisaient un principe de vie. Dénoncer les tricheurs, les profiteurs, les grands de ce monde dépourvus de morale était devenu son cheval de bataille.

— J'aime le désert et il me manque, poursuivit son hôte, mais l'Angleterre est aussi mon pays. Ma mère est anglaise, j'ai fait mes études à Oxford et mon service militaire à Sandhurst.

Frances faillit répondre qu'elle connaissait déjà tous ces détails mais se ravisa, car il ne devait à aucun prix apprendre qu'elle avait effectué des recherches sur lui et sa famille.

— Si j'avais connu plus tôt vos goûts, je vous aurais fait préparer un tajine de poulet aux dattes et au miel, lui assura-t-il. Ce plat sera au menu de notre prochain repas, je vous le promets. En attendant, j'espère que vous trouverez quelque chose qui vous plaira parmi ce modeste assortiment proposé par mon chef cuisinier.

« Le modeste assortiment » couvrait entièrement le dessus d'une desserte, et Frances ne savait que choisir.

— Je vous conseille ceci, dit Ali.

Levant les yeux, elle croisa son regard plein de douceur qui la bouleversa jusqu'au plus profond d'elle-même. Qui était vraiment le prince Ali ? Un homme délicat ou un débauché, comme le disait la rumeur ?

— Votre demeure est magnifique, dit-elle avec sincérité.

— Oui, reconnut-il. Hélas, je n'y fais que de bien trop brefs séjours ! Je possède beaucoup d'autres résidences, mais je ne reste jamais longtemps dans chacune d'elles.

Il semblait le regretter.

— Y a-t-il un endroit que vous préférez? demanda Frances, curieuse.

— La demeure où vit ma mère, la princesse Elise, me semble toujours la plus accueillante, la plus chaleureuse. Ma mère me manque beaucoup. C'est une femme merveilleuse. Elle vous plairait, j'en suis certain.

— Où vit-elle? A Kamar?

— Principalement. Elle n'aime guère prendre l'avion et... n'approuve pas toujours mon style de vie!

— Qui consiste à dépenser votre argent au casino, par exemple?

— Oui, ainsi que certains autres plaisirs que je m'octroie, avoua-t-il sans honte. Mais le casino est celui qu'elle réprouve le plus. Elle pense qu'un homme devrait faire autre chose de son temps. Mais, ce soir, je n'aurais pu mieux utiliser le mien qu'en vous rencontrant. Vous êtes tout droit sortie de l'univers magique des *Mille et Une Nuits*...

Elle sourit.

— Enfant, je rêvais qu'un tapis volant venait me chercher pour m'emmener dans un pays où les bons génies vivaient dans des lampes et en sortaient afin de réaliser mes vœux les plus fous.

— Comme vous faire rencontrer le prince charmant?

— Bien entendu! Il apparaissait dans un nuage de fumée, et disparaissait aussi vite qu'il était venu!

— Un jour, j'en suis persuadé, le tapis volant viendra vous chercher, Diamond.

— Hélas, cela n'arrive que dans les contes de fées!

— Non. Lorsque nos regards se sont croisés, j'ai su aussitôt que vous me porteriez chance. Ce soir, vous m'avez fait gagner beaucoup d'argent. D'ailleurs...

Il s'interrompit pour porter la main à sa poche et en sortir un carnet de chèques. Sur l'un deux, il écrivit à la plume la somme de *cent mille livres*.

— Que faites-vous ? demanda-t-elle, sidérée.

— Je vous rends ce qui vous appartient. Faites-en ce que vous voulez, dit-il en apposant sa signature au bas du chèque.

Cela fait, il leva les yeux vers elle.

— Vous allez devoir me révéler votre vrai nom...

— Certainement pas !

— Sans votre nom, je ne peux pas vous donner ce chèque.

Elle leva son verre et lui sourit par-dessus le bord de cristal.

— Je ne suis pas une femme d'argent, prince Ali Ben Saleem. Je ne vous demande rien.

Il haussa les sourcils.

— Vous risquez de perdre gros.

— Je ne perds rien, car je ne joue pas. Je vis heureuse avec peu de moyens.

Le regard du prince se porta sur le collier de diamants qui ornait son cou et qui valait une fortune. Sans une seconde d'hésitation, Frances ôta le bijou et le posa sur la table, à côté de lui.

— Reprenez ceci, afin qu'il n'y ait aucun malentendu entre nous, dit-elle. Je ne veux rien de vous.

Elle mentait. Elle voulait beaucoup, au contraire, mais ce qu'elle voulait serait difficile à obtenir. Elle devrait employer la ruse et s'armer de patience.

Elle soutint son regard, et crut voir naître une lueur de respect au fond de ses yeux sombres.

Haussant les épaules, il poussa le chèque en blanc vers elle. Puis il se leva et s'apprêta à remettre le collier à son cou, mais Frances l'en empêcha.

— Si vous insistez, alors gardez le collier. Je prends le chèque...

Le prince reprit sa place en face d'elle.

— Peu de femmes, jusqu'ici, pouvaient se vanter de m'avoir étonné, déclara-t-il. J'avoue que vous venez de

26

réussir. Contrairement à ce que vous affirmez, vous êtes une joueuse. Tout comme moi, vous aimez prendre des risques. Vous m'intriguez, belle inconnue... Qui êtes-vous exactement?

— Pour vous, je suis Diamond.

— Ou Shéhérazade! Tout comme elle, vous avez de l'esprit. Tellement plus que toutes les femmes que j'ai pu connaître...

— Mais pas autant que les hommes que vous fréquentez, n'est-ce pas?

— Ça n'est pas la même chose. Vous êtes faite pour l'amour, Diamond-Shéhérazade! Je l'ai lu dans vos yeux lorsque nos regards se sont croisés, au Golden Choice.

— Pourtant, ce n'est pas à l'amour que vous pensiez alors, mais à l'argent!

— Un seul regard m'a suffi pour oublier le motif de ma venue dans ce lieu. C'est le destin qui nous a mis en présence, j'en suis certain. Il était écrit que je devais vous rencontrer ce soir.

— Et qu'est-il écrit encore?

— La suite dépend de nous, désormais.

Sur ces mots, il se leva et, s'approchant d'elle, la prit dans ses bras. Frances s'était préparée à un tel geste mais, serrée contre lui, elle en oublia ses plans. L'espace d'une seconde, elle eut une pensée furtive pour Howard, son futur fiancé mais, quand Ali s'empara de ses lèvres, il n'y eut plus aucune place dans ses pensées pour un autre homme que lui...

Avec un art consommé, les lèvres d'Ali semblaient savoir à l'avance ce qu'elle désirait. Elles effleuraient ses joues, ses paupières, s'attardaient dans son cou. Un soupir de plaisir lui échappa.

— Etes-vous toujours en train de jouer? s'enquit-il d'une voix rauque.

— Plus que jamais.

Elle pria le ciel pour paraître convaincante.

— Qu'espérez-vous gagner ?

— C'est mon secret, murmura-t-elle.

— Je pense le connaître.

— Et si vous vous trompiez ?

Doucement, il la souleva dans ses bras et la porta jusqu'au divan près de la fenêtre, et reprit sans plus attendre ses lèvres tandis que ses mains expertes exploraient les courbes de son corps.

Frances frémit de tout son être. Elle découvrait soudain qu'elle possédait un corps qui répondait aux caresses de son partenaire avec une ardeur dont elle ne se serait jamais crue capable... Soudain, les baisers, les caresses d'Ali se firent plus ardents encore et ce fut comme si le souffle du désert lui brûlait la peau.

C'était dangereux... très dangereux même et, au tréfonds d'elle-même, un reste de raison lui enjoignait de se ressaisir avant qu'il ne soit trop tard...

Elle fut sauvée par une sonnerie, légère mais persistante. Avec un soupir d'impatience, Ali se leva et décrocha un combiné dans lequel il parla sèchement. Mais, presque aussitôt, le ton de sa voix changea. De toute évidence, le message était urgent.

— Je vous prie de bien vouloir m'excuser un instant, dit-il en reposant l'appareil. Une affaire de la plus haute importance réclame ma présence.

Il désigna la table.

— Servez-vous donc un peu de vin. Je serai de retour le plus vite possible.

Quelques secondes plus tard, il était sorti de la pièce. Frances ne comprit tout d'abord pas ce qui se passait. Mais, à mesure que le rythme des battements de son cœur diminuait, sa rage grandissait. Pour qui la prenait-il ? Une femme-objet ? Une poupée avec qui l'on s'amuse et que l'on délaisse pour la reprendre plus tard ? S'il s'attendait à la retrouver à son retour, il se trompait lourdement !

En une seconde, elle fut sur ses pieds, et chaussa ses

escarpins. Entrouvrant la porte de la pièce, elle lança un regard précautionneux dans le hall. Un homme, de toute évidence un domestique, faisait le guet devant la porte...

Prenant une profonde inspiration, la jeune femme traversa le hall d'un pas assuré. Le domestique se leva aussitôt, et elle lut sur son visage une profonde perplexité. Comme elle l'avait espéré, il n'avait reçu aucune instruction pour gérer une situation sans doute sans précédent. Son cœur battant à tout rompre, elle fit un geste impérieux de la main. Le domestique s'inclina et lui ouvrit toute grande la porte, qu'elle franchit sans un regard en arrière.

3.

Le lendemain, au cours d'une réunion, Frances chercha à convaincre Joey de la laisser poursuivre sa mission.

— Que tu retournes, seule, dans l'antre du lion, tu n'y penses pas ! s'exclama-t-il, effaré.

— J'ai envie de m'amuser ! répliqua Frances, ajoutant une touche finale à son maquillage pourtant déjà parfait.

— Pour l'amour du ciel, réfléchis, Fran ! Tu joues à un jeu extrêmement dangereux. Le prince Ali est un homme puissant qui ne doit guère apprécier d'être ridiculisé, surtout par une femme. Tu as eu de la chance, hier soir, que je sois là pour te secourir.

— Je t'en prie, Joey ! Je me suis libérée des griffes du lion — comme tu l'appelles — par mes propres moyens !

— Mais tu m'as trouvé dans la voiture, devant la porte, à t'attendre. Je n'ai jamais perdu ta trace depuis ton départ du Golden Choice.

— Tu as été parfait, comme toujours, mon cher Joey ! C'est pour cela que je t'emploie. Mais, aujourd'hui, je n'aurai nul besoin d'être secourue. Le prince Ali Ben Saleem a officiellement accepté d'accorder une interview à la journaliste Frances Callam.

— J'aimerais voir sa tête quand il découvrira que la journaliste en question est la femme qui s'est enfuie de chez lui la nuit précédente !

— J'avoue attendre moi-même cet instant avec impatience, déclara Frances, les yeux brillants d'excitation.

Sobre et élégante, la journaliste Frances Callam n'avait vraiment plus rien à voir avec la sirène de la nuit précédente, songeait Frances en contemplant son reflet dans le miroir. Diamond-Shéhérazade n'avait été qu'un mirage...

« Dommage ! » pensa-t-elle, car elle s'était beaucoup amusée à jouer à Diamond-la-magicienne et maintenant, sa vie et son travail de journaliste allaient lui paraître bien ternes et monotones !

— Endosse son chèque avant qu'il ne se fâche !

Le conseil de son collaborateur tira brutalement Frances de sa rêverie. Elle sourit.

— Je ne l'ai pas mis à mon nom mais à celui d'une association internationale pour l'enfance défavorisée. L'association ne manquera pas de lui écrire pour le remercier.

Joey eut un hoquet de surprise.

— Tu as refusé cet argent ?

— Bien évidemment ! Le garder aurait été indigne.

— Je l'aurais gardé, moi ! affirma Joey.

Frances se mit à rire.

— Il ne te l'aurait pas donné.

Joey rit à son tour.

— Tu as raison. Je n'arrive pas à croire qu'il ait accepté cette interview.

— Je n'ai parlé qu'à son secrétaire à qui j'ai annoncé que Frances Callam, de la *Financial Review*, souhaitait interviewer Sa Majesté. Il m'a accordé un rendez-vous sans problème.

— Ton taxi arrive, dit Joey en regardant par la fenêtre. Il serait pourtant plus prudent que je t'accompagne.

— Non ! Je veux entrer dans l'arène seule.

— Il faudrait que je puisse être là lorsqu'il va te jeter dehors !

— Il ne le fera pas.

— Alors que tu t'es moquée de lui ?

— Telle n'était pas mon intention. Je lui ai seulement fait comprendre que je n'étais pas la femme facile qu'il pensait que j'étais. Ne t'inquiète pas, Joey, j'ai la situation bien en main...

Au début, tout alla pour le mieux. A peine avait-elle sonné à la porte que celle-ci s'ouvrait et que le portier s'inclinait devant elle.

— Bonjour, lança Frances. J'ai rendez-vous avec Sa Majesté le prince Ali Ben Saleem.

Sans attendre l'autorisation du domestique, elle passa devant lui et pénétra d'un pas déterminé dans le vaste hall carrelé.

— Soyez assez aimable pour avertir Sa Majesté que son rendez-vous est arrivé ! lui ordonna-t-elle d'un ton impérieux.

C'est alors que la porte du bureau s'ouvrit, livrant passage au maître des lieux. Soulagé, le portier alla reprendre son poste.

Le cœur battant à tout rompre, Frances s'avança vers Ali, le sourire aux lèvres. A sa vue, celui-ci fronça les sourcils, puis son visage s'éclaira et il s'avança vers elle les mains tendues en signe de bienvenue...

— Diamond ! Ma merveilleuse Diamond ! Quel plaisir de vous revoir ! Suivez-moi...

Il ouvrit la porte donnant sur le salon et elle l'y suivit.

— Je devine la raison de votre présence ici, déclarat-il dès que la porte se fut refermée sur eux. Vous êtes fâchée contre moi, à cause de ce qui s'est passé hier soir ! Hélas, l'affaire pour laquelle j'ai été appelé en urgence m'a indûment retenu. C'est pourquoi je vous ai envoyé mon secrétaire afin qu'il vous reconduise chez vous. J'espère que vous voudrez bien me pardonner. J'aurais tellement aimé vous raccompagner moi-même !

33

Ainsi, il ne savait même pas qu'elle s'était enfuie ! Craignant sa fureur, son secrétaire et son portier avaient dû lui taire cet incident. L'espace d'un instant, Frances resta muette, puis elle leva les yeux vers le prince qui, le sourire aux lèvres, poursuivit :

— J'espère qu'un jour, nous pourrons reprendre notre conversation là où nous l'avons laissée. Mais pas aujourd'hui, car j'attends un journaliste pour une interview.

— Je pensais que vous n'en accordiez jamais !

— C'est vrai, mais M. Callam travaille pour une revue économique sérieuse.

— *Monsieur* Callam ?

— Oui. M. Francis Callam. J'ai accepté d'être interviewé par lui car je souhaite mettre fin à certaines rumeurs qui courent sur mon compte dans les pages de son journal. D'ailleurs, je vais devoir vous quitter car il ne devrait pas tarder à arriver.

— J'étais venue vous dire mon vrai prénom. Ne désirez-vous pas le connaître ?

— Si, bien entendu, mais je préférerais le découvrir moi-même. Nous nous reverrons très bientôt, dès que j'aurai un peu de temps à vous consacrer.

— Vous allez pouvoir arrêter votre enquête, Votre Majesté. Je m'appelle Frances Callam. *Mademoiselle* Frances Callam.

L'expression de totale stupéfaction affichée sur le visage de son interlocuteur — si sûr de lui une seconde auparavant — réjouit Frances.

— Vous ne voulez pas dire que...

— Si ! Je suis la journaliste avec qui vous avez rendez-vous. Frances Callam.

— Vous m'avez trompé ! s'exclama-t-il, blême de rage.

— Pas du tout ! J'ai appelé votre secrétaire pour lui expliquer que Frances Callam souhaitait vous interviewer pour la *Financial Review*, la très sérieuse revue économique pour laquelle je travaille. Ce qui est la stricte vérité. Mais, de toute évidence, victime de vos préjugés, vous en avez déduit qu'un journaliste ne pouvait être qu'un homme. Vous ne pouvez donc vous en prendre qu'à vous-même.

— Et la nuit dernière ? Est-ce le pur hasard qui vous a conduite au Golden Choice ?

— Absolument pas ! J'étais là pour vous observer.

— Et après ? Vous vous êtes bien jouée de moi !

— Reconnaissez que vous m'avez beaucoup aidée !

— Savez-vous ce qui arrive dans mon pays aux femmes qui se conduisent comme vous l'avez fait ?

— Non, mais vous allez m'éclairer sur ce point très intéressant. Attendez !

Elle fouilla dans son sac et en sortit son carnet de notes.

— Je vous écoute ! annonça-t-elle.

Furieux, Ali lui arracha le carnet des mains et le jeta sur la table.

— Je vous interdis d'écrire quoi que ce soit sur ce qui s'est passé entre nous la nuit dernière !

— Telle n'était pas mon intention ! Je travaille pour un journal sérieux.

— Désolé, mais je refuse de parler affaires avec vous. Le sujet est clos ! Vous pouvez rentrer chez vous. Je ne vous accorderai aucune interview.

— Vous étiez beaucoup plus coopératif lorsque je ne représentais pour vous qu'un objet pouvant vous procurer du plaisir...

— Un objet ! Je vous ai sentie vibrer dans mes bras, comme une femme plus vraie que nature ! Ne me dites pas que vous avez oublié.

Elle le défia du regard.

— Je suis très bonne comédienne, vous savez.

Il sourit.

— Vous mentez ! Je suis capable de savoir lorsqu'une femme joue la comédie. Ce n'était pas votre cas. Quelque chose s'est passé entre nous hier soir. La magie était vraiment là, et ni vous ni moi n'y pouvions rien.

— Désolée, je n'occupe pas un emploi de magicienne mais de journaliste.

— Journaliste ! L'engeance que je déteste le plus au monde ! Sachez que je vous préférais mille fois en Shéhérazade. Depuis notre rencontre, je rêve de caresser vos cheveux qui ont pour moi la blondeur du sable du désert, d'enfouir mon visage dans leur masse voluptueuse et de les orner des bijoux les plus somptueux. Je rêve de caresser votre peau fine et délicate, me demandant chaque seconde ce que j'éprouverai lorsque je vous tiendrai nue entre mes bras, pressée contre moi...

— Jamais cela n'arrivera ! dit-elle, le souffle court.

— *Jamais !* répéta-t-il, le visage crispé. Ce mot fait également partie de mon vocabulaire, et vous n'en avez pas l'exclusivité. *Jamais* je n'accueillerai dans mon lit une femme qui nie sa féminité et, par conséquent, ma virilité. Cette créature ne mérite qu'une chose : que je la jette dehors !

Son regard se fit soudain aussi brûlant que le vent du désert et il poursuivit à mi-voix :

— Mais j'ignore quelle force obscure m'attire irrésistiblement vers elle ! Sans doute *le destin*. Celui qui finit par réunir, un jour, un homme et une femme faits l'un pour l'autre. Désormais, je le sens, je le sais, ma vie, la sienne, ne seront plus jamais les mêmes. Quel sublime plaisir je vais éprouver à lui apprendre à se donner à moi et à recevoir ce que, de toute évidence, aucun homme avant moi ne lui a encore fait découvrir !

Bien qu'il ne la touchât pas, ses mots allumaient en Frances un feu qui la consumait tout entière, qui sentait son cœur entamer une folle sarabande dans sa poitrine. Elle avait soudain l'impression d'être nue devant lui, et il lui semblait sentir le bout de ses doigts l'effleurer, ses lèvres, sa langue, tracer un sillon de feu sur sa gorge...

Soudain, les pointes de ses seins se dressèrent, gorgées de désir, et elle sut qu'aucun autre homme au monde ne lui procurerait jamais pareille sensation.

Elle aurait voulu s'enfuir, refuser de voir ces folles promesses inscrites au fond de ses yeux sombres. Mais elle soutint courageusement son regard.

— Ces choses-là échappent à votre volonté, Majesté !

— C'est vous qui venez à moi et non l'inverse. Vous m'avez avoué être venue au Golden Choice afin de m'étudier, de m'observer à mon insu. Aujourd'hui vous vous introduisez dans ma maison pour m'interroger. Comment appelle-t-on cela chez vous ? Du harcèlement, je crois ? Il est désormais trop tard pour arrêter la machine que vous avez vous-même lancée...

Comme il s'avançait vers elle, elle se laissa tomber sur le sofa, et il prit place à son côté.

— Vous semblez avoir peur, dit-il. De qui ? De vous ou de moi ?

S'il s'avisait de la prendre dans ses bras, elle était perdue ! Il ne le fit pas, se contentant de lever la main vers son visage et de suivre le dessin de ses lèvres du bout du doigt. L'effet de ce simple geste eut sur elle un effet dévastateur. Elle aurait voulu protester, s'écarter de lui, mais son corps réclamait ses caresses. Sans même s'en rendre compte, elle rejeta sa tête en arrière et offrit ses lèvres à son baiser.

Comme s'il n'attendait que ce signal, Ali s'empara de sa bouche tel un conquérant qui prend une place forte assiégée et Frances, sous les baisers brûlants dont il couvrait désormais sa gorge, sentit la tête qui lui tournait. Elle ne s'appartenait plus. Elle n'était plus que désir...

Alors qu'il la libérait pour reprendre son souffle, leurs yeux se rencontrèrent.

— Il est temps que vous partiez, maintenant, dit-il d'un ton impérieux. Lorsque je serai disposé à vous revoir, je vous ferai signe.

Son arrogance mit de nouveau Frances en rage.

— Ah non! s'exclama-t-elle. Vous avez accepté d'être interviewé par Frances Callam et vous allez respecter votre engagement!

— J'ignorais qu'il s'agissait de vous!

— Votre secrétaire — celui qui m'a raccompagnée chez moi l'autre soir — ne vous a donc pas dit comment je m'appelais? Il lui suffisait de lire mon nom sur ma porte.

— J'avais trouvé un bien meilleur moyen de le connaître... grâce au chèque que je vous ai donné. Ma banque a reçu l'ordre de ne pas le payer mais de me communiquer le nom du porteur. Si vous n'étiez pas venue jusque dans ma demeure, j'aurais aujourd'hui même, appris comment vous vous appeliez.

— Cela m'étonnerait. J'ai remis le chèque à une organisation caritative de votre part.

Il se mit à rire.

— Très belle histoire, mais pas très convaincante! Personne ne peut refuser pareille somme.

— C'est pourtant ce que j'ai fait. Vous ne tarderez d'ailleurs pas à le découvrir. Un chèque signé de votre main, refusé par la banque, quelle publicité néfaste pour votre image! Avec un peu de chance, cette affaire peut faire les gros titres des journaux.

— Rentrez chez vous, Frances Callam! Je ne suis pas assez naïf pour vous croire, mais c'était bien pensé, je l'avoue.

Il la raccompagnait à la porte lorsque son secrétaire surgit du bureau.

— Majesté, j'ai la responsable de l'association Enfants du Monde en ligne. Elle vous remercie pour votre extraordinaire générosité mais il semble qu'il y ait un problème avec la banque...

Ali jura entre ses dents et se précipita dans le bureau. Il s'empara du combiné et usa de tout son charme pour expliquer qu'il ne pouvait s'agir que d'un malentendu, et que le chèque serait bien crédité dans les heures qui suivaient. Son interlocutrice se confondit en remerciements, mais Sa toute-puissante Majesté ne souriait plus. Pour la première fois de sa vie, une femme venait de le battre sur son propre terrain !

4.

Le prince Ali Ben Saleem s'étant rendu à New York pour quelques jours, sa résidence fut particulièrement calme et tranquille. Dès son retour, il s'enferma dans son bureau et, à part son secrétaire particulier qui le quittait rarement, le personnel à son service n'eut que peu de chance de le rencontrer. C'est en tout cas ce qu'espérait la nouvelle domestique entrée à son service pendant son absence.

Le plan de Frances avait fonctionné avec une facilité déconcertante. Après l'échec de son rendez-vous officiel avec le prince, elle était plus que jamais décidée à rassembler les informations nécessaires à la rédaction de son article, et à s'introduire dans la place !

Joey s'était alors mis en quête d'une agence de placement située dans le quartier de la demeure princière. L'appât du gain et la persuasion avaient eu raison de la réticence de son directeur à proposer à tous les propriétaires des riches demeures des environs les services d'une domestique hors pair. Le responsable du personnel de la maison princière avait mordu à l'hameçon. Il avait reçu et engagé sur-le-champ cette perle rare à condition qu'elle loge sur place, ce que Frances — devenue Jane, pour l'occasion — affublée d'une perruque et d'une paire de lunettes, avait accepté avec empressement.

Engagée le jour même du départ d'Ali, la jeune femme

travaillait surtout au rez-de-chaussée, mais n'avait pu, jusque-là, s'approcher du bureau, sans cesse occupé par le secrétaire ou fermé à clé. Un jour, la chance sembla enfin lui sourire : on l'autorisa à monter au premier étage pour ranger la chambre du maître sous les directives de son valet de chambre.

A son grand étonnement, Frances découvrit alors une chambre plutôt austère, fort différente des luxueuses pièces du rez-de-chaussée dans lesquelles le maître des lieux recevait les femmes qu'il séduisait. Les murs de la chambre qu'il s'était réservée étaient tout simplement peints en blanc. Un tapis de laine recouvrait le plancher de bois vernis et un large lit d'acajou occupait une grande partie de la pièce. Seules trois photos représentant des chevaux ornaient les murs.

Frances allait devoir travailler seule désormais, Joey ayant été appelé sur une affaire le tenant éloigné de Londres. Elle avait informé Howard qu'elle partait en mission pour quelques semaines, mais personne ne savait où elle se trouvait. C'était mieux ainsi, mais son enquête stagnait, et elle commençait à s'impatienter !

Lorsque le prince revint de son voyage d'affaires, elle s'ingénia à l'éviter, ce qui fut aisé car, de toute évidence, il ne s'intéressait pas aux domestiques. Un soir, il commit enfin une maladresse, et, appelé par un visiteur tardif, quitta sa chambre sans la fermer à clé...

Le moment d'agir était enfin arrivé ! A peine la porte du bureau s'était-elle refermée, au rez-de-chaussée, que Frances se glissait silencieusement dans la chambre princière. Les dossiers étaient étalés sur le lit. Hélas, un seul d'entre eux était en anglais. Le parcourant des yeux, Frances faillit s'étrangler de rage. Le document concernait le Golden Choice et stipulait — sans qu'aucun doute fût possible — que le casino appartenait au prince Ali Ben Saleem...

42

Frances était totalement absorbée par la lecture du document quand, derrière son dos, le bruit sec d'une porte qui se referme la fit sursauter. Levant les yeux, elle trouva Ali debout devant elle, qui l'observait, les bras croisés.

— J'avoue, qu'une fois encore, vous m'étonnez! dit-il d'un ton calme. Vous n'abandonnez donc jamais!

Nullement impressionnée, Frances se redressa et le toisa d'un air digne.

— Jamais, en effet! Vous auriez dû le savoir.

— Mais je le savais! Il me restait seulement à découvrir jusqu'où vous seriez capable d'aller, très chère Diamond-Frances-Jane. Pensiez-vous vraiment que j'étais aussi facile à berner?

— Vous... vous saviez...

— Evidemment! Mes principaux collaborateurs étaient sur leurs gardes. Mais vous avez bien failli réussir. Eux ne vous ont pas reconnue. Moi, si!

— Ainsi, dès le premier instant, vous avez su...

— Oui.

Frances sut d'instinct que le sourire qu'il affichait n'était que de façade, ce que confirma la suite des événements car, se dirigeant vers la porte, il la ferma à clé et mit celle-ci dans sa poche.

— Mais que faites-vous? s'exclama-t-elle. Laissez-moi sortir!

— Vous voulez partir! Après tout le mal que vous vous êtes donné pour entrer, cela m'étonne!

Désignant d'un geste de la main le dossier qu'elle était en train de lire à son arrivée, il poursuivit:

— J'espère que les informations que vous avez trouvées valaient les risques que vous avez pris pour les obtenir.

Elle se rappela brusquement sa découverte.

— Vous m'avez trompée!

Il éclata d'un rire sonore.

— Sous un déguisement et un faux nom, vous vous introduisez dans ma maison et vous osez m'accuser de vous avoir trompée ! Avouez que vous ne manquez pas de toupet !

— Le Golden Choice vous appartient ! Peu vous importait de perdre puisque, de toute façon, l'argent vous revenait ! Vous avez triché, me laissant penser que je vous avais porté chance !

Les yeux de son interlocuteur lancèrent des éclairs.

— Le Golden Choice m'appartient effectivement mais je n'ai pas triché ! Tricher est indigne et ne m'intéresse pas. Les jeux se sont déroulés sans trucage, et vous m'avez vraiment porté chance.

Tout en parlant, il s'était approché d'un placard d'acajou qui cachait un réfrigérateur et une bouteille de champagne. Après avoir rempli deux coupes, il lui en tendit une.

— Je vous propose d'enterrer la hache de guerre et de trinquer à notre réconciliation. A moins que vous ne préfériez une tasse de thé ?

— Une telle circonstance mérite mieux qu'une tasse de thé ! affirma-t-elle en s'emparant de la coupe qu'il lui tendait. J'ai lu dans la presse que les journalistes ne tarissaient pas d'éloges au sujet de votre... extrême générosité !

Une lueur apparut au fond des yeux sombres de son interlocuteur, qui répliqua dans un sourire :

— Je vous dois une expérience intéressante, car on ne rencontre pas tous les jours quelqu'un qui refuse une telle somme. Au fait, qu'est devenu le petit homme replet qui vous accompagnait au Golden Choice ? Il vous attend devant la porte ?

Quand leurs yeux se rencontrèrent, Frances comprit qu'il savait comment elle avait quitté sa villa, la première fois. Elle sourit.

— Non. Joey s'occupe d'une autre affaire. Désormais,

j'agis seule. Personne ne sait que je me trouve chez vous sous un déguisement et un faux nom. J'avoue qu'il n'est pas dans mes habitudes d'agir ainsi, mais votre mépris affiché pour les femmes journalistes était si insupportable que...

— J'implore votre pardon ! Il semblerait que j'aie exagéré, moi aussi. Votre persévérance mérite une récompense. Finalement, je vais vous accorder cette interview...

Les yeux de Frances brillèrent de mille étoiles.

— C'est vrai ?

— Oui. Hélas, je dois partir pour Kamar, mais vous pourrez m'interroger tout à loisir à mon retour.

— A votre retour ! s'exclama Frances, désappointée. Vous aurez oublié votre promesse, je le crains.

— C'est un risque, en effet. Dans ce cas, vous pourriez peut-être... m'accompagner !

— Vous... vous êtes sérieux ?

Les yeux sombres se mirent à briller d'un éclat particulier.

— Tout à fait. Je vous invite dans mon royaume de Kamar. Aucune femme, avant vous, ne m'y a jamais accompagné. Vous allez vivre une expérience unique que vous n'oublierez jamais.

— Quand partons-nous ?

— Dans une heure.

— Mais... je n'ai pas mon passeport !

— Ce n'est pas un problème. Dépêchez-vous, car si vous n'êtes pas prête à temps, je serai obligé de partir sans vous !

Sans plus réfléchir, Frances se précipita vers la porte, qu'Ali venait d'ouvrir, tout à la joie d'avoir enfin obtenu ce qu'elle désirait.

*

Parvenue dans sa chambre, elle rassembla en hâte ses quelques vêtements dans sa valise. Elle venait de la boucler lorsque l'on frappa à sa porte. Une jeune et jolie jeune femme s'inclina devant elle en lui tendant des vêtements orientaux.

— Vous porterez ceci, expliqua-t-elle, et on vous prendra pour moi.

Dans un anglais approximatif, elle lui expliqua alors qu'elle faisait partie de la suite de Sa Majesté et le suivait dans tous ses déplacements. Frances prendrait sa place et son passeport pour effectuer le voyage. L'aidant à se vêtir, la jeune femme lui montra comment cacher son visage à l'aide du voile.

— Vous devrez toujours baisser les yeux, dit-elle, et ne jamais affronter le regard du maître.

— Vraiment ! s'exclama Frances, amusée.

Quelques minutes plus tard, elle rejoignait le prince dans la limousine qui l'attendait devant le perron. Il était assis sur la banquette arrière et Frances ne put s'empêcher de l'admirer. Il avait troqué ses vêtements occidentaux pour une djellaba et un turban d'un blanc immaculé. Il était superbe et ressemblait plus que jamais à un prince du désert...

Moins d'une demi-heure plus tard, ils atteignaient l'aéroport, et la limousine se dirigea directement vers la zone réservée aux jets privés. A travers la vitre, Frances vit le chauffeur descendre de voiture et présenter les passeports à un officier de police. Ce dernier lança un regard vers la Rolls arborant le drapeau indiquant que le prince de Kamar se trouvait à bord et fit un salut respectueux. Ils purent alors repartir sans autre formalité. La scène n'avait pas duré plus de deux minutes.

La voiture s'approcha alors d'un jet aux couleurs du royaume de Kamar. Le chauffeur s'empressa de descendre et d'ouvrir la portière du côté du prince. Sans perdre une seconde, ce dernier grimpa les marches de la passerelle. Frances le suivit, le visage caché sous le voile et les yeux baissés, comme le lui avait indiqué la jeune femme. Pour une fois, les traditions orientales servaient son plan.

Le faste de l'intérieur de l'avion la surprit. Avec ses larges fauteuils de cuir, ses rideaux soyeux, et son épais tapis de laine, le jet ressemblait au salon d'une luxueuse villa.

— Je vais passer la plupart de mon temps au téléphone, l'avertit le prince. Il est plus de minuit et vous devez tomber de sommeil. On va vous conduire dans un lieu où vous pourrez vous reposer.

Il fit un signe de la main et un steward la guida aussitôt vers un compartiment séparé. Le souffle coupé, Frances découvrit alors le lit tendu de satin qui l'occupait. Jamais jusqu'à ce jour elle n'avait eu l'occasion de voir pareil luxe !

Trop excitée pour pouvoir dormir, elle resta assise près du hublot à regarder l'avion glisser, silencieux, dans la nuit étoilée, jusqu'à ce que les premières lueurs de l'aube viennent rosir le ciel. Frances s'aperçut alors qu'ils survolaient le désert, immense, infini, mystérieux. Aussi loin que portait son regard s'étendait la mer de sable aux vagues façonnées par le vent. La jeune femme demeura immobile, fascinée, subjuguée, par ce paysage à nul autre pareil, dans son dépouillement et sa beauté.

Une étrange fièvre la saisit comme, songea-t-elle, elle avait saisi de nombreux voyageurs avant elle. Elle voulait se perdre dans cette immensité, se fondre en elle. Ce paysage avait hanté son enfance alors qu'autour d'elle tout n'était que grisaille. Elle comprit alors que sa vie ne serait plus jamais la même, désormais.

Le bruit d'une porte qui s'ouvrait interrompit sa rêverie. Se retournant, elle découvrit Ali, qui vint s'asseoir à son côté.

— Ceci est la terre à laquelle j'appartiens, énonça-t-il, et vous y êtes la bienvenue.

— C'est magnifique ! dit la jeune femme, d'une voix nouée par l'émotion. Plus magnifique encore que tout ce que j'aurais pu imaginer. Bien que totalement nu, on a l'impression que le désert se suffit à lui-même.

Il la regarda avec un intérêt accru.

— Vous avez raison. J'ai souvent ressenti la même chose. Le désert n'a besoin de personne. Que vous ayez compris cela aussi vite me surprend, car beaucoup de ceux qui y sont nés sont morts sans l'avoir compris.

Elle lui sourit, heureuse de cette complicité, qui augurait bien des jours à venir. Soudain, le soleil surgit à l'horizon et devant ses yeux ébahis, le sable prit la couleur de l'or, et se mit à scintiller sous un ciel devenu bleu azur.

— Merci ! murmura-t-elle, les larmes aux yeux. Merci de m'avoir permis de contempler un tel spectacle.

— Rejoignons la cabine, ordonna Ali, car nous n'allons pas tarder à atterrir.

Attachée à son siège par la ceinture de sécurité, Frances continua à regarder par le hublot. Sous les ailes de l'avion, le désert disparut bientôt, faisant place aux bâtiments de l'aéroport de Kamar.

Une Rolls aux vitres teintées les attendait au pied de la passerelle. Frances ajusta en hâte son voile, baissa les yeux, et suivit à quelque distance le prince jusqu'à la voiture, qui démarra aussitôt.

A travers les vitres fumées, Frances ne vit défiler que des raffineries. Alors qu'ils atteignaient la ville, elle se fit plus attentive et vit, de chaque côté de la rue, les gens sourire et agiter leurs mains au passage de l'escorte royale. Les habitants semblaient heureux de voir leur souverain de retour parmi eux. A moins que...

— Font-ils cela de leur plein gré ? demanda-t-elle tout de go.

— De quoi parlez-vous ?

— De l'accueil de vos sujets. Sont-ils spontanément souriants ou...

Il leva les yeux au ciel.

— Non, bien entendu ! J'ai promulgué un décret qui stipule que tous ceux qui ne se montreront pas heureux de me revoir auront la gorge tranchée en place publique !

— Euh, je... je suis désolée.

Il laissa échapper un soupir résigné.

— Taisez-vous et couvrez votre visage, nous arrivons !

Quelques minutes plus tard, la voiture s'engouffrait sous un porche et s'arrêtait devant un immense escalier où attendaient des hommes en vêtements orientaux. L'un d'eux ouvrit la portière au prince.

— Surtout, ne bougez pas ! ordonna-t-il à mi-voix.

Comme il s'éloignait, une femme voilée prit sa place dans la voiture qui redémarra aussitôt.

— Je m'appelle Rasheeda, annonça-t-elle en ôtant son voile, et j'ai l'ordre de vous conduire à vos appartements.

Levant la main, elle ôta le voile de Frances et examina attentivement son visage. Une moue crispa bientôt ses lèvres, comme si elle n'appréciait guère ce qu'elle voyait.

Quand la voiture, après avoir contourné le palais, s'arrêta, Rasheeda remit son voile et, d'un signe, enjoignit Frances de faire de même.

— Suivez-moi ! ordonna-t-elle.

Elles montèrent les marches d'un grand escalier puis suivirent un long corridor délicieusement frais. En sortant de la voiture, la chaleur du jour naissant avait failli suffoquer Frances, ce qui n'avait pas échappé à Rasheeda.

— Dans votre appartement, vous serez plus à l'aise, avait-elle déclaré. Et vous aurez des domestiques pour s'occuper de vous.

— Vous... vous m'attendiez ! s'étonna Frances.

Rasheeda haussa les épaules.

— Nous sommes toujours prêtes à accueillir une nouvelle invitée...

Frances fronça les sourcils, intriguée par la façon dont Rasheeda s'était exprimée mais, trop occupée à contempler le fabuleux décor de son nouvel environnement, elle ne s'en formalisa pas. Le palais ressemblait en tout point à ce qu'elle avait imaginé...

Bientôt, Rasheeda s'arrêta devant un ascenseur ultra-moderne qui les emporta vers les étages supérieurs. De nouveau, elles longèrent un corridor interminable avant de s'arrêter devant une porte portant le numéro trente-sept. Elles pénétrèrent alors dans un luxueux appartement donnant sur un balcon.

Comme Rasheeda lui faisait visiter la salle de bains avec sa robinetterie en or, elle lui lança, les lèvres pincées :

— Vous êtes une privilégiée... Sa Majesté vous a fait attribuer le plus bel appartement. Je vais donner des ordres pour que l'on vous prépare un bain. Vous devez être fatiguée, après ce long voyage...

— Je ne vois ni mon sac, ni ma valise. Pouvez-vous me les faire apporter ?

— Vous n'en aurez pas besoin.

— Mais ils contiennent toutes mes affaires ! protesta-t-elle.

— Vous n'en aurez pas besoin, répéta Rasheeda. Cet endroit a été conçu pour satisfaire le moindre de vos désirs. Sa Majesté aime que ses concubines ne manquent de rien.

— Ses concubines ! s'exclama Frances, manquant de s'étrangler. Madame, vous avez été fort mal renseignée. Je ne suis pas une *concubine*, mais une journaliste.

— J'ignore le terme que vous utilisez en Occident pour désigner les...

— Mais Ali vous a certainement dit...

— *Sa Majesté* — elle souligna avec emphase son titre — m'a téléphoné de l'avion afin de me donner des instructions très précises pour votre accueil, que j'ai respectées à la lettre. Le sujet est clos !

— Certainement pas ! Je ne puis croire qu'il me traite comme une... une de ses...

50

— C'est un grand honneur qu'il vous fait et il sera très fâché de votre ingratitude.

— Ce qui est le dernier de mes soucis! Je vais d'ailleurs lui dire de ce pas ma façon de penser!

Elle se précipita vers la porte, essaya de l'ouvrir sans y parvenir.

— Ouvrez cette porte! hurla-t-elle.

— Les ordres de Sa Majesté sont formels. Vous devez rester ici jusqu'à ce qu'il trouve un instant à vous consacrer.

— Ah, oui? Et combien de temps cela prendra-t-il?

— Une semaine, un mois? Nul ne le sait. Il a des choses bien plus importantes à régler auparavant.

— Mais il ne peut pas me séquestrer! tempêta Frances. C'est un crime puni par la loi.

— Dans son pays, Sa Majesté fait la loi et agit selon son bon plaisir. Il semble que vous l'ayez accompagné jusqu'ici de votre plein gré, non?

Frances lui lança un regard furibond et courut jusqu'au balcon.

— Au secours! s'époumona-t-elle.

En contrebas, dans l'immense jardin qui entourait le palais, deux jardiniers penchés vers des massifs de fleurs levèrent la tête, se lancèrent un regard perplexe puis haussèrent les épaules avant de reprendre leur travail, indifférents. Il était clair que les secours ne viendraient pas d'eux.

Elle revint dans la chambre, qu'elle trouva vide. Rasheeda avait disparu. Se précipitant vers la porte, elle tenta de nouveau de l'ouvrir. En vain. Elle était bel et bien captive! Frénétiquement, elle se mit à donner des coups de poing et de pied contre la porte en bois massif.

— Laissez-moi sortir! hurla-t-elle. Vous n'avez pas le droit de me garder prisonnière!

Mais seul le silence répondit à ses cris.

Elle se retrouvait seule, dans un pays inconnu, et forcée d'obéir aveuglément à son souverain tout-puissant! Ce dernier n'avait jamais eu l'intention de lui accorder la moindre interview. Elle l'avait provoqué, s'était moquée de lui, et il voulait se venger. Sans qu'il ait beaucoup d'efforts à fournir, elle s'était précipitée dans le piège qu'il lui avait tendu. Avec un enthousiasme non dissimulé, elle l'avait suivi dans un pays où il régnait en maître et où les femmes ne pouvaient être que des domestiques ou des concubines, et personne ne savait où elle était!

5.

Le temps passa et la rage de Frances finit par s'apaiser. La colère ne servait à rien, et mieux valait chercher un moyen de s'évader. De toute évidence, à moins d'être un alpiniste chevronné — ce qui n'était pas son cas ! — on ne pouvait fuir par le balcon. Mais, peut-être existait-il une autre possibilité ?

Aucune issue de secours ne se trouvait dans la salle de bains qui, en toute autre circonstance, aurait émerveillé Frances avec sa baignoire creusée à même le sol et pavée de marbre, une splendeur ! La pièce principale, tout aussi somptueuse, avec ses riches tentures en tissu damassé, n'offrait quant à elle pas d'autre issue que la lourde porte d'entrée fermée à clé !

Frances prit place sur le sofa et laissa échapper un soupir de découragement. Comment avait-elle pu se laisser entraîner dans pareille aventure, elle qui se targuait d'avoir la situation bien en main ? Malgré les sages recommandations de Joey, elle n'en avait fait qu'à sa tête, comme toujours !

Soudain, le bruit d'une clé tournant dans la serrure la fit bondir. Pris de remords, Ali venait la délivrer ! songea Frances, pleine d'espoir. Hélas, ce n'était pas lui, mais deux jeunes femmes qui apparurent, sans doute les domestiques évoquées par Rasheeda.

Elles s'inclinèrent respectueusement devant elle et sans

perdre une seconde, l'une d'elles se dirigea vers la salle de bains tandis que l'autre restait devant la porte qu'elle referma à clé. En proie à une immense fatigue, Frances perdit tout désir de se rebeller, car l'idée de s'immerger dans un bain chaud était des plus tentantes.

Comme elle l'avait espéré, l'eau était délicieusement parfumée et elle s'y plongea avec délices. Fermant les yeux, elle commença à fomenter des plans d'évasion et à songer à la conversation qu'elle ne manquerait pas d'avoir avec son geôlier lors de leur prochaine rencontre. Le problème est qu'elle ignorait quand celle-ci aurait lieu... « Dans des semaines ou même des mois, *selon le bon plaisir de Sa Majesté* ! » avait déclaré Rasheeda.

Lorsqu'elle fut prête à sortir de la baignoire, les deux domestiques s'approchèrent avec une serviette qu'elles drapèrent autour d'elle. Frances chercha les vêtements qu'elle avait portés pendant le voyage mais ils semblaient avoir disparu. Avec un sourire, une des jeunes femmes lui indiqua une superbe tunique brodée étendue sur le lit.

— Elle est pour vous, dit-elle.

Dieu soit loué, celle-ci parlait anglais !

— Où est ma valise ? lui demanda Frances. Elle contient mes vêtements et...

— Le Maître désire que vous portiez ceux-ci.

— Si *Votre* Maître s'imagine qu'il peut me donner des ordres, il se trompe ! Je m'habille comme je veux. Je veux mes vêtements et rien d'autre !

La jeune femme leva les mains, horrifiée.

— Vous ne devez pas parler ainsi ! Vous devez respecter...

— Rien du tout ! J'exige qu'on m'apporte ma valise !

Les deux jeunes femmes la fixaient, effarées. Leur tournant le dos, Frances s'installa sur le sofa et resserra les pans de la serviette autour d'elle et regrettant qu'elle ne soit pas plus grande. Elle perçut alors des chuchotements apeurés derrière elle. Les deux servantes devaient se demander comment venir à bout de sa rébellion.

— Je veux ma valise et n'accepte aucun ordre de qui que ce soit! répéta Frances, plus déterminée que jamais.

— Je reconnais bien là ma Diamond! dit une voix amusée.

Se dressant aussitôt sur ses pieds, Frances se retourna. Ali se tenait devant elle, les bras croisés et un sourire moqueur aux lèvres. Les domestiques avaient disparu.

— Vous! s'écria-t-elle. Comment osez-vous...?

— Qu'ai-je donc encore fait?

Frances frémit. Pourquoi fallait-il que chaque fois qu'elle se retrouvait devant lui, son cœur se mette ainsi à battre la chamade? Ce n'était vraiment pas le moment de manifester quelque faiblesse que ce soit.

— Si c'est une plaisanterie, elle est de fort mauvais goût! dit-elle en le fusillant du regard.

Plus que jamais, elle regrettait que la serviette laissât voir son corps, exposant à son regard ses longues jambes fuselées et une partie de sa poitrine. Il y avait pire encore. Mal ajustée, la serviette semblait glisser chaque fois qu'elle respirait!

— Quelque chose ne va pas? demanda de nouveau le prince.

— Non, tout va bien, au contraire! Vous m'invitez à vous suivre dans votre pays sous prétexte de m'accorder une interview et je m'y retrouve prisonnière et traitée comme une de vos nombreuses concubines. La trente-septième!

Il éclata de rire.

— Elles ne sont pas aussi nombreuses, j'en ai peur! Je vous ai attribué l'appartement trente-sept parce que c'est le seul qui ferme à clé. Mes concubines laissent leur porte ouverte. Elles ne sont que trop heureuses de l'honneur qui leur est fait.

— Vous n'avez jamais eu l'intention de m'accorder cette interview, n'est-ce pas? l'accusa-t-elle, rageuse.

— Jamais, en effet! Parler affaires avec une femme

m'ennuie prodigieusement. Les femmes sont faites pour un autre type de conversation. Connaissant mon opinion sur le sujet, jamais vous n'auriez dû m'accompagner.

— Vous m'avez tendu un piège !

— Dans lequel vous vous êtes précipitée !

— Vous n'aviez pas le droit...

— Vous osez parler de droit alors que vous vous êtes introduite chez moi pour m'espionner ! Sachez que personne ne peut indûment se permettre de ridiculiser le prince de Kamar. Vous vous êtes crue au-dessus des lois, n'est-ce pas ? Il était temps que je vous prouve que le seul maître, ici, c'est moi.

— Vous avez perdu la tête ! On va s'apercevoir de ma disparition et...

— Qui ? Votre collaborateur est sur une autre mission. Vous n'avez plus de famille. Je vous ai introduite dans mon pays avec le passeport d'une autre. Personne ne viendra vous chercher ici.

— Ainsi, toutes ces questions que vous me posiez, hier soir...

— ... avaient pour seul et unique objectif de savoir si je pouvais vous kidnapper en toute sécurité. On ne se lance pas dans un tel projet sans prendre certaines précautions.

— Ali, cette plaisanterie a assez duré ! Rendez-moi mon sac et ma valise et laissez-moi partir !

De nouveau, il éclata de rire.

— Très chère Diamond, vous êtes ici dans mon pays et totalement à ma merci. Comprenez que vous ne pouvez me donner des ordres ! Vous ne sortirez d'ici que lorsque je le déciderai.

Tout en parlant, il s'était approché et effleurait du bout de ses doigts son bras nu, remontant lentement vers son épaule et sa gorge. La caresse, à peine perceptible, fit frémir Frances de tout son être. Lorsqu'il s'arrêta, elle faillit crier de frustration. Elle comprit alors que l'attirance qu'il exerçait sur elle était toujours aussi forte...

— J'exige que vous me laissiez partir ! dit-elle, le défiant du regard.

— Magnifique ! murmura Ali. J'avoue que je vous admire...

— Avez-vous entendu ce que j'ai dit ?

— Je vous entends, mais je ne vous écoute pas. J'ai à votre encontre une patience infinie. On dit que le plaisir vient de la difficulté rencontrée à le satisfaire. Lorsque vous accepterez enfin d'être à moi, très chère Diamond, le mien sera exceptionnel, j'en suis certain. Quand ce moment arrivera, nous vivrons ce qu'aucun homme, aucune femme, n'auront encore vécu avant nous.

— Jamais ce moment n'arrivera ! Je m'y refuse absolument.

Combien de temps encore allait-elle pouvoir résister ? Dans un élan désespéré, elle se précipita vers la porte pour essayer, une fois encore, de l'ouvrir. En un éclair, il fut à son côté pour la prendre dans ses bras et s'emparer sauvagement de sa bouche. La violence de ce baiser n'avait plus rien à voir avec une caresse, et cherchait à la soumettre.

De toutes ses forces, elle repoussa le prince et, dans son effort, fit tomber la serviette de bain. Voici qu'elle se retrouvait nue dans ses bras !

Comme elle continuait à se débattre, il murmura dans un souffle :

— Calmez-vous, ma Diamond ! Ne comprenez-vous pas que vous pouvez me convaincre sans utiliser la force ? Vous possédez des armes bien plus subtiles...

Se penchant, il la souleva dans ses bras pour la porter jusqu'au lit. L'allongeant au milieu des coussins moelleux, il reprit sa bouche avec fièvre. Puis il se fit plus tendre, plus caressant, et Frances sentit sa résistance faiblir. N'avait-elle jamais désiré autre chose qu'être nue dans ses bras ? Comme il couvrait son corps de baisers, il dut entendre les battements désordonnés de son cœur car il s'arrêta brusquement pour demander :

— Qu'est-ce qui fait battre votre cœur si vite, Diamond? L'amour ou la haine?

— Devinez!

Il lui prit alors la main et la posa sur son propre cœur, qui battait aussi fort que le sien.

— Et qu'est-ce qui fait battre le mien? s'enquit-il.

— Le désir de me posséder.

— Peut-être. J'avoue ne jamais avoir désiré une femme comme je vous désire, Diamond, ni pris autant de risques pour l'obtenir. Demandez-moi ce que vous voulez...

— Laissez-moi partir!

Ces mots lui firent l'effet d'une douche froide, et il se redressa, le visage crispé.

— Hélas, vous demandez la seule chose que je ne puis vous accorder!

— Vous ne pouvez me garder prisonnière!

— Cela prendra le temps qu'il faudra mais, un jour, vous serez mienne. Un jour, vous vous donnerez à moi de votre plein gré et vous n'aurez alors plus aucune envie de me quitter!

Il se dirigea vers la porte.

— Je ne resterai pas enfermée! cria-t-elle en le voyant s'éloigner. Je trouverai un moyen de m'enfuir et vous dénoncerai au monde entier!

Si elle avait perdu une bataille, Frances n'avait pas pour autant perdu la guerre. Pour l'instant, elle était épuisée, après une première nuit blanche passée au palais, et il lui fallait impérativement retrouver ses forces. Elle se glissa voluptueusement entre les draps de satin et s'endormit sur-le-champ.

Lorsqu'elle se réveilla, il était midi et ses deux suivantes se tenaient à son chevet, souriantes. Elles s'inclinèrent puis lui désignèrent le repas qui l'attendait, mais

Frances ne vit que son sac et sa valise au pied de son lit. Pendant son sommeil, on les lui avait rapportés !

Elle fouilla fébrilement dans son sac à main, elle ne tarda pas à découvrir que son carnet de notes, son Dicta-phone et son téléphone portable manquaient. On avait pris soin de lui enlever tout moyen de communiquer avec l'extérieur ! Leena — celle qui parlait anglais — lui expliqua que le reste de l'après-midi serait consacré à recevoir un marchand de tissus.

— Pour quoi faire ? demanda Frances, intriguée.

— Pour qu'il vous confectionne une nouvelle garde-robe, selon vos goûts.

Frances s'apprêtait à lui dire qu'elle ne resterait pas suffisamment longtemps à Kamar pour avoir besoin de vêtements mais se ravisa. Recevoir ce marchand lui occuperait l'esprit.

Rien ne l'avait préparée à la magnificence de ce qu'elle allait voir. Le marchand lui montra des tissus tous plus somptueux les uns que les autres, et elle ne sut bientôt plus lequel choisir.

— Que... que décider ? balbutia-t-elle, éblouie malgré elle.

— Le Maître a dit que vous pouviez prendre tout ce que vous désirez, l'informa Leena avec un sourire enga-geant.

Frances se reprocha mentalement sa faiblesse. Il n'était pas question pour elle de se laisser acheter avec quelques bouts de tissu, fussent-ils les plus beaux qu'elle eût jamais vus !

Cependant, la tentation était telle qu'elle tendit impul-sivement la main afin de caresser les soies, les satins, les velours... Soudain, elle redevenait cette adolescente qui, le nez collé à la fenêtre, dans la grisaille environnante, rêvait d'habits de princesse... Elle se fit la promesse de ne prendre que le strict minimum.

Deux heures plus tard, le marchand repartait, satisfait

d'avoir, en poche, la plus importante commande qu'on lui ait jamais passée. Frances, pour sa part, était atterrée. Elle n'avait pas seulement commandé les robes dans les tissus les plus somptueux, mais également les pierres précieuses qui y seraient incrustées. « Tels sont les ordres du Maître ! » avait précisé Leena.

Agitée, Frances sortit sur le balcon pour profiter des dernières lueurs du jour avant que la nuit tombe. Le passage de la lumière aux ténèbres se faisait si rapidement qu'on avait l'impression qu'un peintre noircissait tout à coup toute chose d'un seul coup de pinceau.

En dépit de sa colère, Frances fut instantanément sous le charme de cet instant magique. A ses pieds s'étendaient les jardins, éclairés par une myriade de lampes. Plus loin, elle apercevait les lumières de la ville. De la musique douce montait vers elle. Baissant les yeux, elle put voir les allées du jardin et les silhouettes des promeneurs venus chercher la bienfaisante fraîcheur du soir.

Croyant reconnaître Ali, elle concentra son attention sur un promeneur à la haute stature, tout de blanc vêtu. Elle ne pouvait voir son visage mais son port de tête, la grâce avec laquelle il se mouvait, ne pouvaient qu'appartenir au seigneur du lieu. Il parlait avec une femme... Sa favorite, peut-être !

Rentrant précipitamment dans sa chambre, elle referma la porte-fenêtre derrière elle, puis alla prendre un livre dans la bibliothèque près de son lit. L'ouvrage était écrit en anglais, et parlait de Kamar. Elle s'était déjà beaucoup documentée sur ce pays en devenir, mais ces livres décrivaient les hommes qui l'avaient construit et lui avaient donné son âme.

Le royaume de Kamar n'existait que depuis une soixantaine d'années. Un jour, apprit-elle, un homme déterminé du nom de Najeeb s'était assis avec sa tribu autour du premier puits de pétrole et avait refusé de bouger, obligeant ainsi les compagnies pétrolières occidentales à négocier avec lui. « Le désert appartient à ceux qui y vivent ! » avait-il déclaré. Ensuite, il s'était autoproclamé souverain du royaume. Cet homme était le grand-père d'Ali...

Son fils, Najeeb le second, à la tête d'une immense fortune, l'avait dépensée sans compter. Ses deux fils s'étaient ensuite disputés le trône. Le plus jeune, Saleem, avait triomphé. Saleem était un sage. Il avait propulsé Kamar vers l'avenir en l'ouvrant aux nouvelles technologies. Tous s'accordaient à le décrire comme un dirigeant éclairé.

Un frisson parcourut Frances. Soudain, elle n'eut plus envie de lire, comme si elle comprenait enfin qu'elle s'était montrée inconséquente en osant défier le tout-puissant souverain de ce pays.

6.

Le lendemain matin, Leena fit à Frances une très agréable surprise.

— Nous pouvons nous rendre au bazar et faire des achats, si vous le désirez, suggéra-t-elle.

Le cœur de Frances bondit de joie. Ainsi, elle n'allait pas rester cloîtrée dans ses appartements ! Avec un peu de chance, elle pourrait même trouver un moyen d'entrer en contact avec l'ambassade de son pays.

Leena l'aida à revêtir un somptueux vêtement oriental accompagné d'un turban et d'un voile qui dissimulait entièrement son visage. Lorsqu'elle franchit la porte de son appartement, elle vit quatre colosses, les bras croisés sur la poitrine.

— Votre garde d'honneur, expliqua Leena.

Un honneur dont Frances se serait bien passée ! Une longue limousine aux vitres fumées les attendait devant les marches du palais, et l'un des gardes se mit au volant. Les trois autres s'installèrent dans un premier compartiment tandis que Frances et Leena prenaient place dans le second.

La voiture commençait à rouler lorsque, soudain, l'une des portières du second compartiment s'ouvrit brutalement. Avant que quiconque pût intervenir, un homme bondissait dans le véhicule et prenait place en face de Frances, refermant la porte derrière lui.

— Sortez d'ici ! hurla Leena.

Puis, portant la main à sa bouche, elle murmura, en s'inclinant :

— Excusez-moi, Altesse !

Il ne s'agissait pas d'Ali, mais d'un jeune homme qui lui ressemblait étrangement.

— Je n'ai pu résister au désir de voir à quoi ressemblait la nouvelle concubine de mon cousin, déclara-t-il, les yeux brillants d'excitation.

— Votre voile ! ordonna aussitôt Leena à Frances.

— Trop tard ! lança le jeune homme. J'ai déjà vu son visage.

A l'intention de Frances, il précisa :

— Je suis le prince Yasir, le cousin d'Ali. L'histoire que l'on raconte est-elle vraie ? Ali a-t-il vraiment payé cent mille livres pour vous ?

— De quoi parlez-vous ? s'exclama Frances, effarée.

— De ce qu'affirme la rumeur. Jamais, dans l'histoire, une telle somme d'argent n'a été offerte pour une femme. Moi-même, je n'ai jamais proposé plus de trente mille livres pour une compagne. Mais mon cousin possède un goût très sûr, et je suis d'ailleurs forcé de constater que vous n'êtes pas ordinaire.

— Sortez d'ici immédiatement ! cria Frances, indignée. Sortez ou je vous jette dehors !

Leena poussa un cri horrifié tandis que Yasir éclatait de rire.

— Une vraie tigresse ! énonça-t-il. Vous valez amplement chaque sou que mon cousin a déboursé pour vous obtenir. Je compte vous revoir bien vite !

Sur cette promesse, il fit arrêter la voiture et sortit.

— Vous avez menacé un prince ! gémit Leena.

— Il m'avait insultée ! Comment ose-t-il insinuer que j'ai été achetée ?

— Mais nul n'ignore que vous avez coûté cent mille livres à notre souverain ! protesta Leena.

Frances jugea alors utile d'expliquer.

— C'est en effet le don qu'il a fait à une organisation caritative pour... euh... pour me faire plaisir.

L'explication eut sur Leena l'effet contraire à celui qu'avait escompté Frances, car la jeune Arabe ouvrit de grands yeux et la regarda comme si elle était une déesse descendue sur terre.

— Vous devez compter beaucoup pour lui! dit-elle, admirative.

Frances se mordit la lèvre. Ainsi, telle était l'opinion qu'avaient d'elle les sujets de Sa Majesté le prince Ali Ben Saleem : elle était une acquisition somptueuse, au même titre qu'un bijou ou qu'un cheval de course. Sans doute ne représentait-elle pas autre chose pour lui. Mais, gagnée par l'excitation de la visite du bazar, elle en oublia provisoirement son indignation.

Quand la voiture finit par s'arrêter, Leena ajusta le voile de Frances afin de dissimuler son visage aux regards de la foule, puis elles descendirent du véhicule.

Sous le coup de la chaleur qui, brusquement, s'abattit sur ses épaules, Frances vacilla. Fort heureusement, après quelques minutes d'adaptation, elle finit par apprécier la chaleur, la lumière, les couleurs. En vacances, elle aurait pris un plaisir évident à découvrir ce monde nouveau qui, déjà, la fascinait, l'éblouissait. Mais la présence constante de ses gardes du corps à ses côtés lui rappelait sans cesse qu'elle était prisonnière.

Attirée par le délicieux roucoulement d'un couple de tourterelles, Frances décida impulsivement de l'acheter. Par l'intermédiaire de Leena, le vendeur lui assura qu'elle n'avait nul besoin d'une cage.

— Gagnez leur amour et jamais elles ne vous quitteront, affirma-t-il.

— Il ment! s'indigna Leena. Sans cage, elles reviendront vers lui et il pourra les revendre. Nous allons en acheter une.

— Non ! refusa fermement Frances. Pas de cage !

A la place, elle acheta un sac des graines préférées des volatiles et s'en servit pour les attirer jusque dans la voiture. A peine fut-elle installée à bord que le chauffeur sortit son téléphone portable. Elle comprit pourquoi lorsque, à son arrivée, elle trouva un colombier installé sur son balcon...

Pour son plus grand bonheur, les tourterelles semblèrent se plaire dans leur nouvelle demeure et ne manifestèrent aucune intention de lui fausser compagnie.

A sa demande, Leena servit à Frances un repas léger, puis insista pour qu'elle prît un peu de repos...

Lorsqu'elle se réveilla, en fin d'après-midi, Leena lui avait préparé un bain dans lequel elle versa un flacon d'huile odorante. Les yeux fermés, Frances inhala longuement les senteurs voluptueuses qui parvenaient à ses narines. Aussitôt, d'étranges pensées envahirent son esprit. Des pensées lascives et érotiques. Elle s'y abandonnait avec délices lorsque, brusquement, elle ouvrit les yeux, soupçonneuse.

— Cela suffit ! déclara-t-elle d'une voix ferme en se dressant sur ses pieds et en enjambant le rebord de la baignoire. Dès que j'aurai dîné, je me remettrai au lit pour dormir.

— Mais... j'ai reçu des ordres ! protesta Leena. Je dois vous préparer pour le Maître. Il vous a choisie parmi toutes ses concubines pour passer la nuit en sa compagnie.

Frances faillit s'étrangler de rage.

— Si *le Maître* s'imagine que je vais me laisser préparer comme une dinde de Noël pour être servie ce soir à sa table, il se trompe !

— Mais c'est la coutume ! gémit Leena. Etre choisie par Sa Majesté, parmi toutes ses concubines, est un grand honneur.

66

— *Je ne suis pas une de ses concubines*! tempêta Frances.

— Il vous couvrira des cadeaux les plus somptueux!

— Je n'ai que faire de ses cadeaux! Croyez-moi, je vais lui dire, droit dans les yeux, ce que je pense de ses manières!

— Laissez-moi vous préparer, je vous en supplie, sinon je risque les pires ennuis!

Leena avait raison. Elle ne méritait pas d'être punie.

— Très bien. Dans ce cas, faites votre travail!

La couturière avait dû travailler toute la nuit car le premier des vêtements commandés par Frances était prêt. C'était une pure merveille faite de satin et de brocart, couleur crème, qui se portait avec une ceinture rebrodée de perles fines. Une tunique en voile arachnéen complétait l'ensemble. Lorsque Leena plaça sur ses cheveux le turban de même couleur, Frances contempla avec stupeur la beauté orientale qui lui faisait face dans le miroir. Elle imagina sans peine le sourire qu'Ali ne manquerait pas d'avoir à sa vue. D'un coup de baguette magique, la journaliste venait de se transformer en princesse des *Mille et Une Nuits* et... elle trouvait cela très excitant!

La porte s'ouvrit, livrant passage à Rasheeda. Cette dernière l'examina d'un œil critique de la tête aux pieds et finit par hocher la tête en signe d'approbation. Comme Leena poussait un soupir de soulagement, le son étrange d'un cor leur parvint.

— Votre chaise à porteurs est avancée! annonça Rasheeda en ajustant le voile devant le visage de Frances. Vous allez voyager ainsi jusqu'aux appartements de Sa Majesté. Je marcherai devant, annonçant à tous votre arrivée. Lorsque vous vous retrouverez en présence du Maître, rappelez-vous que vous devez vous incliner, baisser les yeux et dire: «Votre humble servante vous salue, Majesté.» Ne vous relevez pas avant qu'il ne vous en ait donné l'ordre. Manquer à cette règle serait une grave offense. Est-ce clair?

— Très clair ! dit Frances, la rage au cœur.

Quand Rasheeda ouvrit la porte, quatre hommes à la stature imposante s'inclinèrent pour déposer devant Frances une splendide chaise à porteurs fermée par des rideaux. Frances y prit place, et les porteurs se mirent en marche.

Protégée des regards par les rideaux, Frances ne pouvait que deviner ce qui se passait à l'extérieur. Le son du cor la précédait, accompagné par la voix de Rasheeda qui criait en arabe des mots qu'elle ne comprenait pas.

Elle s'efforça de se concentrer sur ce qu'elle allait dire à Ali, lorsqu'elle l'entendit donner un ordre aux porteurs qui déposèrent la chaise.

Des pas s'éloignèrent, et une porte se referma.

— Vous pouvez sortir ! ordonna Ali.

Frances jaillit de son abri, prête à lui arracher les yeux, mais il avait pris la précaution de s'éloigner et l'observait de loin. Frances écarta rageusement son voile et se posta devant lui.

— Vous croyez peut-être que j'allais m'incliner et dire : « Votre humble servante... »

— Non, je savais que vous ne le feriez pas ! dit-il en éclatant de rire. C'est pourquoi j'ai attendu que nous soyons seuls pour vous demander de sortir. Si mes serviteurs vous avaient entendue me manquer de respect, j'aurais été obligé de vous jeter dans la fosse aux serpents, ce qui n'aurait pas manqué de nous gâcher la soirée.

— Mais vous pouvez ainsi m'envoyer quérir et je n'ai qu'à obéir !

— Oui. Ainsi le veut la coutume de mon pays. C'est ce qui s'appelle « le bon vouloir du prince ». Vous verrez, vous finirez par vous y habituer.

— Jamais ! Même si vous me gardiez prisonnière pendant des millions d'années !

— Quelle merveilleuse perspective !

Il lui sourit et elle faillit oublier sa colère.

— Les vêtements orientaux rehaussent encore votre beauté, ma chère Diamond !

— Ne changez pas de sujet !

— Désolé, mais votre beauté sera toujours pour moi un sujet inépuisable.

D'un geste impulsif, il lui ôta son turban, libérant ainsi la masse de ses cheveux blonds qui tombèrent alors en cascade sur ses épaules.

— Chaque instant du jour et de la nuit, je rêve de vos cheveux, cette rivière d'or..., dit-il en la serrant contre lui pour s'emparer de ses lèvres avec fièvre.

Frances avait préparé tout un argumentaire qu'elle oublia sur-le-champ sous son baiser de feu. Secrètement, elle avait attendu cet instant de toute son âme et de tout son corps.

— Avouez que, vous aussi, vous avez rêvé de cet instant..., murmura-t-il.

— Oui...

Des milliers d'étoiles s'allumèrent au fond des yeux sombres du prince. Non, elle ne pouvait lui laisser remporter aussi facilement la victoire !

— Oui, répéta-t-elle alors. J'ai rêvé de cet instant où je pourrais enfin vous dire ce que je pense de votre comportement d'un autre âge !

Il lui ferma aussitôt la bouche d'un nouveau baiser plus ardent encore, la laissant pantelante.

— J'aime ce combat qui nous oppose, murmura Ali en délaissant un instant sa bouche pour lui mordiller le lobe de l'oreille. Vous n'en êtes que plus attirante et la victoire finale n'en sera que plus enivrante.

— La victoire de qui ?

— La nôtre. Lorsque, dans une fusion totale de nos deux corps, nous serons allongés dans les bras l'un de l'autre, la victoire nous appartiendra à tous deux. Il n'y a de vrai plaisir que lorsqu'il est partagé. La nuit qui nous attend sera magique.

Comme elle allait protester, il l'arrêta d'un geste.

— Ne dites rien. Nous avons tout notre temps...

Afin de recouvrer son calme, elle reporta son attention sur le décor qui l'environnait. Stupéfiant ! L'appartement princier était une splendeur avec ses voûtes en arcs de cercle et ses colonnes de marbre. Les murs était recouverts d'une mosaïque ou se mêlaient l'or et de subtils dégradés de bleu, le tout en parfaite harmonie. Ils marchaient sur d'épais tapis de laine, les plus beaux qu'elle eût jamais vus. Au fond de la pièce, une grande table avaient été dressée, couverte des mets les plus appétissants.

— Vous êtes choquée ! lança-t-il en voyant l'expression de son visage.

— Personne n'a le droit de vivre ainsi alors que des gens meurent de faim !

Elle regarda autour d'elle.

— De plus, ce palais semble avoir été construit récemment !

— Le palais érigé par mon grand-père, Najeeb, était trop petit. Mon père s'est trouvé dans l'obligation d'en construire un deuxième, plus adapté aux problèmes de notre temps.

— Un deuxième palais ! s'exclama Frances, de plus en plus indignée.

Il sourit, lui prit la main et l'entraîna vers l'une des portes-fenêtres qui donnaient sur un balcon dominant la ville.

— Voici le Sahar Palace...

Regardant dans la direction qu'il indiquait, Frances aperçut les grandes tours d'un palais se dressant dans la nuit.

— Sahar signifie l'aube en arabe, expliqua Ali. L'architecte a conçu ce palais afin que ses tours soient les premières à capter la lumière de l'aube.

Deux palais ! pensa Frances, qui regretta de ne pouvoir

noter sur son carnet la manière éhontée dont on gaspillait l'argent dans ce pays !

Mais déjà, Ali lui prenait de nouveau la main et l'entraînait vers la table ornée de fleurs toutes plus extra-ordinaires les unes que les autres.

— J'espère que vous aimerez ce plat, dit-il en montrant l'un d'eux du doigt.

— Un tajine de poulet aux dattes et au miel ! s'exclama Frances, émue malgré elle.

— Je vous avais promis que votre plat préféré vous serait servi la prochaine fois que nous dînerions ensemble.

Comme lors de leur première rencontre, il voulut la servir lui-même.

— Servir une femme est indigne de votre rang, Votre Majesté ! lui fit-elle alors remarquer.

— Mmm... disons que vous n'êtes pas n'importe quelle femme, ma Diamond.

— Effectivement ! Vous m'avez achetée très cher, cent mille livres ! Alors que le cours du marché est beaucoup plus bas. Trente mille livres, non ?

— Oh... Vous avez rencontré mon cousin, m'a-t-on rapporté. Un jeune homme plein de fantaisie mais totalement irresponsable. Son vœu le plus cher est que je partage avec lui la gestion des affaires du pays. Mais il devra tout d'abord me prouver qu'il en est capable, ce qui est loin d'être le cas. Ce qu'il a fait ce matin est intolérable ! Pénétrer de force dans votre voiture et...

— ... me voir sans mon voile !

Il se mit à rire.

— Cela a dû être une épreuve particulièrement éprouvante !

— La véritable épreuve a été d'apprendre que vous aviez laissé croire à tous que vous m'aviez achetée cent mille livres. Je ne suis pas un cheval de course, vous savez !

71

— Certainement pas! protesta-t-il avec véhémence. Un cheval de course vaut beaucoup plus que cela!

Frances leva les yeux au ciel.

— J'abandonne!

Comme il riait en remplissant son verre de vin, Frances renonça provisoirement à se battre. Après tout, la nourriture était appétissante, elle ne s'était jamais sentie aussi belle et elle allait dîner en compagnie d'un des hommes les plus séduisants de la planète! Et puis, comment pouvait-elle continuer à considérer comme un ennemi cet homme qui la regardait comme si elle était la huitième merveille du monde?

Au milieu du repas, il se leva pour aller prendre un coffret dans un meuble près de la fenêtre. Le déposant devant elle, il l'ouvrit. Elle poussa une exclamation de surprise à la vue du trésor qui s'offrait à ses yeux: des diamants, des émeraudes, des rubis... Se penchant, Ali prit dans ses mains un collier d'or serti d'émeraudes.

— Vous êtes faite pour porter des bijoux, ma Diamond. Ce soir, ce sera des émeraudes, mais demain...

— ... rien! dit-elle en repoussant le collier d'un geste déterminé. Ni demain, ni les jours suivants. Je ne puis rien accepter de vous, Ali, car je n'ai rien à vous offrir en échange.

Il laissa échapper un profond soupir.

— Pourquoi persistez-vous à nier ce qu'il y a entre nous? demanda-t-il.

— Parce que vous m'avez amenée ici contrainte et forcée. Aussi longtemps que vous me retiendrez prisonnière, rien ne pourra se passer entre nous.

— Vous êtes une femme dure et insensible...

— Je suis une femme libre! Personne ne pourra jamais m'acheter. Pas même le tout-puissant prince de...

Avant qu'elle pût terminer sa phrase, la porte s'ouvrit avec violence, et Yasir fit irruption dans la pièce. Le visage rouge, les yeux brillants, il semblait surexcité.

Ali se dressa devant lui, le visage de marbre et les poings serrés.

— Que veux-tu? s'enquit-il d'une voix glaciale.

Yasir pointa son doigt vers Frances et leva deux doigts de son autre main, puis trois. Horrifiée, la jeune femme comprit alors qu'elle était devenue un objet de marchandage. Comme Ali secouait énergiquement la tête, Yasir leva quatre doigts.

— Si vous osez accepter, je vous tue! annonça Frances.

— Lorsque je serai disposé à vous vendre, j'exigerai beaucoup plus que quatre fois le prix que vous m'avez coûté! répliqua Ali, d'une voix aussi tranchante que la lame d'un couteau.

— Combien? demanda aussitôt Yasir en s'avançant vers Frances.

La jeune femme se prépara à le gifler, mais Ali fut plus rapide. Saisissant son cousin par le col de sa chemise, il le souleva de terre comme s'il était aussi léger qu'une plume, traversa la pièce et le jeta dehors.

— Ne recommence jamais cela! lui cria-t-il avant de fermer la porte et de tourner la clé dans la serrure.

Lorsqu'il revint vers elle, Frances sentit un frisson de peur courir le long de sa colonne vertébrale. Ali avait le visage d'un homme prêt à tuer. Mais, contre toute attente, il la prit tendrement dans ses bras.

— Il a osé me proposer de l'argent pour vous avoir à lui!

— Personne ne pourra jamais m'acheter. Ni lui, ni vous!

Elle aurait pu tout aussi bien parler à un mur. Il la regardait comme un homme à qui on avait tenté de voler la chose la plus précieuse qui soit. Il était en état de choc. Lorsqu'il parla, sa voix tremblait.

— Dès le premier instant où j'ai posé mes yeux sur vous, j'ai su qu'il fallait que vous soyez à moi, dit-il dans un souffle. Je ne puis plus attendre.

Elle se raidit.

— Ali, je vous en prie, laissez-moi partir !

— Jamais ! Vous êtes à moi et vous serez à moi pour toujours !

L'espace d'un instant, la volonté de Frances vacilla. Se donner à lui aurait été son vœu le plus cher si seulement...

Rassemblant ses dernières forces, elle le repoussa.

— Non ! cria-t-elle. C'est impossible !

Les yeux sombres lancèrent des éclairs. Comme il tentait de la reprendre dans ses bras, elle le gifla de toutes ses forces. Il demeura tout d'abord immobile, comme pétrifié, puis il porta la main à sa joue.

— Vous... vous m'avez giflé, moi, le prince de Kamar !

— Si vous êtes un prince, conduisez-vous comme tel ! Un gentleman n'abuse pas d'une femme qui se refuse à lui. Qu'allez-vous faire maintenant ? Me jeter dans la fosse aux serpents ? M'enfermer au sommet d'un donjon jusqu'à la fin de mes jours ?

— Ne me tentez pas !

— Libérez-moi, je vous en supplie !

— Impossible ! Par contre, je vais devoir vous faire changer d'appartement.

Elle ouvrit de grands yeux.

— Mais... pourquoi ?

— Aux yeux de tous, ce soir, vous êtes devenue officiellement ma favorite. En conséquence de quoi, je me dois de vous attribuer un appartement plus luxueux et plus confortable. Désormais, vous aurez huit domestiques attachés à votre service, prêts à satisfaire le moindre de vos caprices. Partout où vous irez, les gens s'inclineront devant vous. Je vous couvrirai des plus beaux bijoux que vous exhiberez en toute occasion.

— Si vous espérez me faire ainsi changer d'avis, vous...

— Je n'espère rien. Je respecte seulement les traditions. Vous allez tout naturellement bénéficier du traitement de faveur réservé à celle qui s'est appliquée à me satisfaire.

— Mais je n'ai pas...

— Mes sujets doivent l'ignorer !

Frances porta la main à sa bouche.

— Oh... Vous voilà pris au piège ! Personne ne doit apprendre que la femme que vous avez achetée si cher n'était finalement pas un bon choix !

— En voilà assez ! Imaginez un instant que je me passe de votre consentement. Qui pensez-vous viendra alors à votre secours ?

Elle affronta son regard sans ciller.

— Vous ne le ferez pas ! Ce serait admettre votre défaite, admettre que seule la force a pu me soumettre à votre bon vouloir. Personne d'autre ne le saura sauf vous et moi, mais vous ne pourrez vivre avec cette pensée.

— Quelle ingrate vous faites ! Quand je pense que je...

Il s'arrêta, comme effrayé par les mots qu'il allait prononcer.

— Poursuivez !

— Non, c'est sans importance.

— Alors, appelez les porteurs et faites-moi reconduire.

— Vous n'y pensez pas ! Ce serait avouer que nous n'avons pas...

Elle pouffa de rire.

— Ce serait, en effet, très mauvais pour la réputation de Votre Majesté !

— Vous avez conscience que vous nous condamnez à faire la conversation toute la nuit ?

— Vous pourriez m'accorder cette interview !

— Jamais !

— Alors, vous avez raison. Nous voilà condamnés à parler de la pluie et du beau temps. Dommage !

7.

— Parlez-moi de Yasir, suggéra Frances.

— Son père était le frère aîné de mon père et Yasir reste persuadé que c'est son père qui aurait dû monter sur le trône et non le mien.

— La coutume ne veut-elle pas que le frère aîné soit automatiquement investi du pouvoir de gouverner le pays?

— Ailleurs, peut-être, mais pas ici. Cette partie du monde est particulièrement difficile à gouverner. Des deux frères, mon père était indubitablement celui qui était le plus apte à prendre les rênes du pays. Ce qu'il a fait, pour le plus grand bien de son peuple. Mais Yasir pense que j'ai pris injustement sa place. Cela donne lieu à des scènes comme celle à laquelle vous avez assisté et pour laquelle je vous présente mes excuses. Il n'avait pas le droit de s'introduire chez moi comme il l'a fait et je ferai en sorte que cela ne se reproduise plus.

— Etait-il prudent de le chasser ainsi? Ne va-t-il pas chercher à se venger?

— Il n'est pas rancunier. Il oubliera...

Frances fit une moue dubitative. Elle avait vu le regard plein de haine de Yasir. Il n'oublierait pas l'incident aussi facilement que le pensait Ali.

— Pourquoi ne pas reprendre la conversation là où nous l'avions laissée, lors de notre première rencontre?

suggéra-t-elle. Nous parlions de notre intérêt pour les *Mille et Une Nuits*...

Il eut un rire amer.

— ... et pour le désert ! Que n'auriez-vous pas inventé, ce soir-là, pour m'inciter à vous livrer des confidences dont vous vous seriez servie sans vergogne dans votre article !

— Oh, non ! se défendit-elle avec fougue. Tout ce que je vous ai dit était la stricte vérité. Je vous ai fait ce soir-là des confidences que je n'avais encore faites à nul autre avant vous. Croyez-moi, Votre Majesté, je vous en conjure !

Il sourit.

— Nous avons dépassé le stade de « Votre Majesté » me semble-t-il, dit-il en frottant la joue qu'elle avait giflée.

L'espace d'une seconde, son visage exprima une telle tristesse que Frances faillit presque oublier ses griefs, et dut lutter contre le désir impulsif de le prendre dans ses bras.

— Je vous ai fait ces confidences parce que je pressentais que vous pouviez me comprendre, poursuivit-elle. Jusque-là, je n'avais jamais confié mes rêves à personne. Surtout pas à mon oncle Dan et à ma tante Jean. Pour eux, seul le monde réel comptait vraiment. Ils n'avaient pas le temps pour les rêves. A l'école, ils m'ont poussée à étudier les matières sérieuses comme les mathématiques et l'économie. Sans que je comprenne vraiment pourquoi, j'ai fini par leur trouver de l'intérêt et par décider d'en faire ma carrière. J'ai alors enfoui mes rêves au plus profond de moi-même. Ce soir-là, tel un magicien, vous les avez libérés...

— Peut-être...

N'avait-il pas, lui aussi, ressenti la magie de cette soirée ? N'avait-il pas eu la certitude, ce soir-là, d'avoir enfin rencontré quelqu'un qui le comprenait sans même qu'il ait besoin de parler ? A son contact, son sentiment d'extrême solitude — la solitude de celui qui possède tout, sauf ce qu'il désire vraiment — n'avait-il pas cessé soudain de lui étreindre le cœur ?

Ils n'avaient échangé que quelques phrases, mais elles avaient suffi pour que naisse entre eux une totale complicité. La grande beauté de cette femme ainsi que le désir qu'elle lui inspirait n'avaient fait que renforcer la magie. Il avait rêvé de lui faire partager sa couche mais aussi ses rêves. Pour cette femme-là, il y avait une place dans son lit, mais aussi dans son cœur.

Hélas, un problème à régler de toute urgence l'avait arrachée à ses bras ! Maudissant l'importun, il avait expédié l'affaire aussi vite qu'il l'avait pu. Pas une seule seconde, il n'avait douté que cette femme dont l'âme s'apparentait si bien à la sienne attendrait sagement son retour, pénétrée comme lui de la magie de leur entente.

Mais, à son retour, sa couche était vide. Elle était partie ! Il avait ressenti son départ comme un coup de poignard en plein cœur. Jamais, jusqu'alors, il n'avait subi pareil affront. C'était comme si, tout à coup, il perdait ses repères. Il avait dû se faire violence et cacher ses sentiments. Personne — surtout pas son personnel — ne devait deviner que Sa Majesté le prince de Kamar venait d'être humilié par une femme.

Plus tard, lorsqu'elle était réapparue en tant que journaliste, il avait compris que tout cela n'avait été pour elle qu'un jeu destiné à lui soutirer des informations. C'est alors qu'il avait décidé de lui tendre un piège...

Inconsciente du type de pensées qui le tourmentaient, Frances poursuivit :

— Jamais je n'aurais pu imaginer que suivre les cours de la Bourse pouvait se révéler aussi excitant et passionnant.

— Vraiment ! répondit-il, glacial. Je vous sers un peu de vin ?

— Non, merci ! Je connais les cotes boursières de toutes vos compagnies.

— Mon ordinateur aussi.

— Je sais beaucoup plus de choses que votre ordinateur...

— Je vous le répète, je ne suis pas intéressé.

— Vous avez tort !

Elle s'approcha de lui. Ses yeux brillaient de mille étoiles et il sentit son souffle caresser sa joue.

— Si vous refusez de m'écouter, murmura-t-elle à son oreille, j'appelle au secours.

— Personne ne répondra à votre appel.

— Mais tout le monde l'entendra ! Tous vos sujets, demain, sauront que vous avez dépensé cent mille livres pour rien.

Ali luttait contre deux désirs contradictoires : la prendre dans ses bras, lui faire l'amour comme il ne l'avait jamais fait encore à aucune autre femme, ou appeler sa garde et la faire jeter au cachot. Comment osait-elle ainsi se moquer de lui ?

— Vous êtes le diable en personne ! lança-t-il, furieux.

— Et, vous, bien naïf de faire confiance à Lemford Securities. L'entreprise court au désastre. Son responsable est forcé d'emprunter à des taux exorbitants. Comme vous le savez, en économie...

— J'ai, en effet, quelques bases dans ce domaine !

— C'est heureux car vous pourrez ainsi mieux comprendre ce que j'ai à vous dire.

— Je vous avertis...

— Et, moi, je vous avertis que l'homme qui s'occupe de votre portefeuille n'est pas à la hauteur. Il prend de gros risques avec votre argent afin de s'enrichir.

— Je paye des collaborateurs pour surveiller ce genre de choses.

— Renvoyez-les ! Ils vous trompent.

Elle lui tendit une fiche qu'elle avait préparée à son intention.

— Consultez ces sites sur l'Internet. Vous y apprendrez tout ce qu'il faut que vous sachiez. Mais, surtout, faites-le vous-même. Ne faites confiance à personne. Il y a urgence...

Sans qu'elle s'en rende compte, elle avait repris sa voix de femme d'affaires.

— Avez-vous encore beaucoup d'ordres à me donner ainsi ? demanda Ali d'une voix aussi glaciale qu'un iceberg.

— Suivez mes conseils et vous éviterez de perdre beaucoup d'argent. Beaucoup plus que ce que vous avez dépensé pour... m'acheter !

— Cessez de répéter que je vous ai achetée comme un objet de luxe !

— N'est-ce pas ce que vous avez laissé entendre à vos sujets ?

Agacé, il lui arracha la fiche des mains. Frances crut qu'il allait la froisser et la jeter à la poubelle, mais il la mit dans sa poche.

— Il se fait tard et vous devez être fatiguée ! lança-t-il en la guidant vers le grand lit de la pièce attenante.

Leurs yeux se rencontrèrent.

— Personne ne viendra vous déranger, promit-il.

Sur ces mots, il la quitta pour pénétrer dans une autre pièce. Frances eut juste le temps d'apercevoir une rangée d'ordinateurs avant que la porte ne se referme sur lui, puis elle se retrouva seule.

Le lit, immense, lui sembla terriblement vide lorsqu'elle s'y allongea. C'était un lit fait pour des étreintes passionnées où, enlacés, deux êtres pouvaient oublier le monde alentour. Elle sut alors que c'était ce que son cœur désirait ardemment : passer une nuit et des milliers d'autres dans les bras de cet homme qui la fascinait. Un jour, peut-être..., se prit-elle à rêver. Ou peut-être jamais ! Cette pensée l'obséda jusqu'à ce que, épuisée, elle finisse par s'endormir.

Ali la réveilla au lever du soleil. Il avait l'air fatigué de quelqu'un qui a passé la nuit devant l'écran d'un ordinateur. Il se garda de tout commentaire, mais elle crut déceler une lueur de respect au fond du regard sombre.

— Vos porteurs vont venir vous chercher, lui annonça-t-il. Ils vous conduiront vers votre ancien appartement pour la dernière fois. Plus tard dans la journée, vous serez escortée vers vos nouveaux quartiers.

Il s'empara de sa main et la guida vers les porteurs.

— Ne croyez surtout pas que les choses vont se terminer ainsi, murmura-t-il à son oreille. Derrière la froideur de la journaliste se cache une vraie femme. Une femme passionnée. Avant longtemps, vous me supplierez à genoux de vous faire l'amour.

— Vous rêvez !

Les porteurs arrivèrent et l'emportèrent avant qu'il pût répondre.

Durant toute la journée, le palais fut en effervescence. La nouvelle courait sur toutes les lèvres. Sa Majesté avait fait venir sa dernière concubine dans sa suite et, en sa compagnie, avait passé une nuit comme jamais encore aucun homme avant lui n'avait eu le bonheur d'en vivre. La rumeur affirmait que cette Occidentale possédait un art consommé de l'amour, et avait conquis le cœur et l'âme du souverain. Aucune récompense ne serait jamais à la hauteur de ses talents. Que l'on ignorât sa véritable identité n'avait aucune importance, la favorite du souverain n'ayant d'autre mission que celle de veiller à son plaisir. Ali avait décrété qu'elle s'appellerait désormais lady Almas Faiza.

Leena expliqua à Frances qu'Alma signifiait diamant et Faiza victoire. De quelle victoire s'agissait-il ? se demanda Frances. De celle annoncée par Ali, remportée à deux, lorsqu'ils feraient enfin l'amour ? A cette pensée, elle sentit un frisson la parcourir.

82

Avec une crainte mêlée d'admiration et de respect, les domestiques attachées désormais à son service s'affairèrent pour préparer ses nouveaux quartiers. Puis vint la cérémonie sans laquelle son statut n'aurait pas été vraiment officiel. Une chaise à porteurs vint l'attendre à sa porte, différente de la première, sans rideaux. Cette fois, elle devait être vue de tous !

Somptueusement parée, Frances prit place, et tendit la main afin que les deux gracieuses tourterelles puissent s'y poser. Rasheeda prit la tête du cortège, criant une phrase en arabe, puis tous se mirent en mouvement.

Ils traversèrent le palais, déambulant le long d'immenses corridors voûtés et ornés de splendides mosaïques. Les murs se dressaient à des hauteurs impressionnantes, avec des fenêtres à leur sommet, permettant à l'air de rester agréablement frais.

Ils traversèrent une première cour, totalement close, mais aussi spacieuse qu'un jardin et remplie de fleurs et d'arbres exotiques. Des enfants y jouaient — sans doute ceux des dignitaires du royaume — surveillés par leurs nurses, qui s'inclinaient respectueusement à son passage.

Ils entrèrent de nouveau dans le palais où une rangée d'officiels les saluèrent, tous porteurs de cadeaux que ses domestiques recueillaient pour elle. Coupe en or, flacon de parfum incrusté de rubis, les présents témoignaient du respect des dignitaires pour leur souverain.

La procession traversa une deuxième cour, ornée d'une fontaine. Comme Frances levait les yeux, elle aperçut des centaines de spectateurs massés aux fenêtres. Puis, ce fut de nouveau le palais et, partout, des sujets qui s'inclinaient sur son passage.

Le cortège parvint enfin à son appartement, situé en face de celui du prince. Il l'attendait et, devant ses sujets rassemblés, s'inclina devant elle.

Il lui tendit ensuite la main afin de l'aider à descendre et, à son tour, elle lui fit la révérence. Les yeux encore remplis des splendeurs qu'elle venait de contempler, Frances eut du mal à retenir un cri d'admiration en découvrant ce qui serait désormais son cadre de vie. Les mosaïques, les tapis, dépassaient en finesse et en beauté tout ce qu'elle avait vu jusqu'alors...

— Permettez-moi de vous montrer votre jardin personnel, dit Ali en la conduisant vers une immense porte-fenêtre.

Eblouie par tant de beauté, Frances le suivit le long des allées, contournant les quatre fontaines, s'exclamant devant les paons et les gazelles qui circulaient librement.

— Vous vous êtes inclinée devant moi, murmura Ali. C'est un acte de soumission, vous savez.

— Pas du tout ! Vous vous étiez incliné le premier. Je n'ai fait que vous rendre la politesse.

— Le prince ne s'incline pas devant une femme.

L'espace d'une seconde, leurs yeux se rencontrèrent, se défièrent. Frances vit les lèvres du prince se plisser mais, très vite, il regarda de nouveau droit devant lui, hautain.

Parmi les spectateurs, nombreux étaient ceux qui, intrigués, se demandaient comment la favorite allait réagir à la vue du cadeau de bienvenue de leur Seigneur et Maître. En effet, au lieu de la rivière de diamants à laquelle chacun s'attendait, il avait choisi de lui offrir un *tapis*. C'était un très beau tapis, certes, mais c'était pour le moins un bien étrange cadeau ! Serait-elle déçue ?

Quand Frances le découvrit, elle éclata de rire et noua ses bras autour du cou du prince, qui joignit son rire au sien, faisant naître dans la foule un murmure de surprise.

— Je me demandais si vous alliez apprécier cet hommage, murmura-t-il, serrant un instant la jeune femme contre lui.

Seule dans ses appartements, ce soir-là, Frances contempla longuement son tapis. Il ne volait pas, certes, mais ressemblait en tout point à celui de ses rêves. Ali n'aurait pu lui faire plus beau présent. Elle sourit malgré elle, mais son sourire s'estompa aussitôt. Elle n'allait tout de même pas se laisser acheter avec un tapis !

Elle en était là de ses pensées lorsque Leena apparut à la porte.

— Le prince Yasir vous supplie de lui accorder une audience, dit-elle.

Frances fronça les sourcils mais donna l'ordre de faire entrer son visiteur.

— Je viens déposer mon cadeau à vos pieds, déclara Yasir en s'inclinant devant elle. Si, dans votre colère justifiée, vous le refusez, je me retirerai jusqu'au plus profond du désert et plus jamais vous ne me reverrez.

— Ne soyez pas ridicule, voyons !

— Accordez-moi votre pardon, je vous en supplie !

— Mmm... je ne devrais pas !

— Je sais. Ma conduite a été inqualifiable et je la regrette sincèrement. Veuillez accepter mon humble présent, dit-il en déposant à ses pieds une ceinture incrustée de pierres précieuses.

C'était un cadeau somptueux. Beaucoup trop somptueux. Mais — Frances ne pouvait désormais l'ignorer — ce pays était le pays des excès. Sans doute Yasir n'avait-il pas trouvé manière plus subtile de se faire pardonner sa conduite détestable !

Lorsqu'elle le remercia, il sembla soulagé. Elle ordonna alors à Leena de leur servir le thé et, bientôt, ils bavardaient amicalement.

— N'attachez pas trop d'importance aux querelles qui nous opposent, Ali et moi, dit Yasir. J'ai beaucoup de respect pour la manière dont mon cousin conduit les affaires du pays. Depuis notre enfance, nous ne cessons de nous affronter. Parfois avec nos poings, souvent par l'intermédiaire de nos chevaux de course. Ceux d'Ali son excellents, mais les miens sont meilleurs.

— On dit que les chevaux arabes sont les meilleurs du monde.

— C'est une réputation méritée. Vous savez monter?

— J'ai appris dans une ferme lorsque j'étais enfant. J'adorais ça.

— Ali devrait vous permettre de monter une de ses juments. S'il refuse, je vous laisserai monter l'une des miennes.

Sur cette promesse, il prit congé, la laissant perplexe. Yazir était-il aussi peu rancunier qu'il le disait? Elle n'eut guère le temps de s'appesantir sur la question, car Leena lui rappela qu'il lui incombait désormais d'ordonner le repas du soir, qui devait plaire au Maître. Fort heureusement, son chef connaissait les goûts de ce dernier et elle put s'en remettre à lui.

Le soir venu, Ali apprécia le repas, la remercia d'avoir choisi les plats qu'il préférait. Mais il semblait préoccupé, et Frances crut deviner pourquoi.

— Yasir m'a rendu visite, cet après-midi, dit-elle. Il tenait à me présenter ses excuses et à m'offrir un cadeau.

Elle lui montra la ceinture, qu'il examina d'un œil critique.

— Elle vous plaît?

— Non. Mes goûts vont naturellement vers des choses plus discrètes, mais je l'aurais blessé en la refusant.

— Il est dans la nature de Yasir de se montrer excessif en toute chose, mais je suis heureux qu'il vous montre enfin le respect qu'il vous doit.

— Avez-vous fait la paix avec lui?

— Vous devriez plutôt vous demander s'il a fait la paix avec moi.

— L'a-t-il fait?

— Il m'a présenté ses excuses et a promis de mieux se conduire à l'avenir. Il m'a demandé la permission de vous rendre visite et je la lui ai accordée.

— Il s'est parfaitement comporté, le rassura-t-elle.

— A l'époque de nos parents, il aurait eu la tête coupée pour ce qu'il a fait. Mais puisqu'il a présenté ses excuses, vous avez désormais ma permission de le recevoir.

— Merci. Il m'a parlé de ses chevaux et m'a même proposé de me laisser monter une de ses juments si vous refusiez de me laisser monter l'une des vôtres.

Il arqua ses sourcils.

— J'ignorais que vous saviez monter. Mes chevaux sont à votre disposition. Nous pouvons nous rendre à Wadi Sita quand vous le désirez.

— Wadi Sita! répéta-t-elle, s'efforçant de cacher l'excitation qui la gagnait.

Wadi Sita! La fameuse oasis secrète que nul journaliste n'avait jamais été autorisé à visiter! C'était là que le Maître du royaume était supposé se livrer aux pires turpitudes, à l'abri des regards du monde. Et voilà qu'il l'invitait à s'y rendre!

— Wadi Sita, la sixième vallée, en arabe, lui expliqua Ali. Nous avons six oasis importantes à Kamar mais celle-ci est, de loin, ma préférée. Elle est, pour moi, ce qui se rapproche le plus du paradis terrestre. Vous monterez Safiya. Elle est ma plus belle jument, blanche comme la neige, rapide comme le vent mais d'une extraordinaire douceur.

— Quand partons-nous?

— Demain!

Il se leva.

— Je vais donner des ordres en ce sens. Je ne vous reverrai pas avant notre départ. Des affaires de la plus haute importance requièrent ma présence.

Devant son regard interrogateur, il acquiesça d'un signe de tête.

— J'ai suivi votre conseil, avoua-t-il.

— N'avais-je pas raison?

Il eut un sourire amer.

— Si. J'ai découvert un véritable complot pour me dépouiller. Ces infâmes voleurs ont été arrêtés et je vais les interroger. Je veux savoir combien ils m'ont volé, où est l'argent et à quoi il devait servir. Cela va m'occuper pour les heures à venir.

— Et s'ils ne parlent pas ?

Ses yeux devinrent aussi froids que le métal.

— Oh... ils vont parler !

L'espace d'un instant, Frances éprouva de la pitié pour ceux qui avaient osé trahir la confiance du prince Ali Ben Saleem. Il fit une pause et la jeune femme devina que les mots qu'il allait prononcer lui coûtaient.

— Je vous suis infiniment redevable de m'avoir fait découvrir leur malhonnêteté.

Frances lui sourit mais eut le tact de se taire.

— Merci ! lança-t-il avant de disparaître.

8.

Ils partirent pour Wadi Sita, le lendemain, en fin d'après-midi, alors que le soleil descendait sur l'horizon. Un hélicoptère les conduisit directement jusqu'à l'oasis.

Frances s'installa près du hublot pour ne rien manquer de spectacle. Enfin, comme par magie, l'oasis surgit au milieu du désert aride, avec ses palmiers et son jardin aux plantes luxuriantes entourant un immense point d'eau aux reflets dorés. Frances aperçut également un impressionnant bâtiment d'un blanc immaculé, qui contrastait étonnamment avec les tentes dressées à ses pieds. Ali pointa son doigt dans leur direction.

— Ici, au milieu du désert, j'aime vivre comme le font beaucoup de mes sujets, sous la tente, expliqua-t-il.

A leur descente d'hélicoptère, une escorte les attendait avec un étalon noir et une élégante jument blanche. Cette dernière séduisit immédiatement Frances en venant frotter sa tête contre elle, quémandant une caresse.

— Elle se nomme Safiya et n'est que douceur, dit Ali. Elle semble, d'ailleurs, vous avoir déjà adoptée.

Sur le dos de la jument, Frances se sentit immédiatement en sécurité, et ils se mirent en route. Il faisait encore chaud, mais on était loin de la fournaise du milieu de journée et une brise légère se levait, leur caressant délicieusement le visage. Son nouvel environnement aurait dû mobiliser toute l'attention de la journaliste qu'elle était, mais elle ne voyait qu'Ali. Il avait si fière allure sur son destrier noir ! Monté sur l'animal, sa djellaba blanche flottant au vent, il semblait en parfaite harmonie avec ce décor, que les derniers rayons du soleil flamboyant rendaient encore plus magique.

Comme il se tournait ver elle, elle s'empressa de baisser les yeux, pour qu'il ne lût pas l'admiration dans son regard. C'est alors qu'elle aperçut l'étrange bâtiment qu'elle avait repéré du ciel. Il était encore plus étrange de près. Chacune de ses fenêtres était munie de barreaux. Dans le soleil couchant qui l'éclairait de ses feux, il possédait une certaine élégance, mais faisait irrémédiablement songer à une prison.

— Ainsi, vous admirez mon harem ! lança Ali qui avait suivi la direction de son regard. Ce lieu retiré du monde est l'endroit idéal pour me livrer à mes activités favorites. Mes cavaliers parcourent le pays afin d'y kidnapper de jeunes beautés que je garde prisonnières derrière ces barreaux, attendant mon bon plaisir.

— C'est monstrueux ! s'exclama Frances, horrifiée.

C'est alors qu'elle vit son sourire. De toute évidence, il se moquait d'elle !

— N'est-ce pas la rumeur que font circuler les journalistes occidentaux ? demanda-t-il.

— Si ! reconnut-elle, honnête. Mais si vous n'aviez rien à cacher... pourquoi avoir toujours refusé la visite de la presse ?

— Je n'ai de compte à rendre à personne, surtout pas aux journalistes. Ce que je fais dans mon pays ne les regarde pas.

— Mais ce... ce bâtiment...

— ... appartient à la Water Extraction Company, que j'ai créée. A Wadi Sita, l'eau est particulièrement riche en minéraux et en soufre. Elle possède des propriétés uniques, capables de guérir de nombreuses maladies. Derrière ces barreaux se cache l'un des laboratoires de recherche les plus perfectionnés du monde. Le résultat de nos recherches excite la convoitise de ceux qui cherchent à s'enrichir aux dépens des malades. Nous avons une tout autre politique, ici, et nous pensons que les malades doivent pouvoir se soigner au moindre coût.

Il la défia du regard.

— Vous ne prenez pas de notes? Ces informations seraient-elles donc moins intéressantes que celles concernant le prince dépravé qui honorait cinquante femmes en une seule nuit?

— Seulement cinquante! s'exclama Frances, les sourcils en arc de cercle. On m'avait dit une centaine...

Ensemble, ils éclatèrent de rire et Frances apprécia cet instant de complicité. Quelques minutes plus tard, le soleil disparut à l'horizon et la nuit tomba brutalement. Comme ils s'approchaient de l'endroit où se dressaient les tentes, des hommes, tenant à bout de bras de lourdes torches, les escortèrent, et Frances sentit une vive émotion lui étreindre le cœur.

Arrivés devant la tente réservée à la favorite, Ali tint à l'aider lui-même à descendre de cheval. Il la prit dans ses bras, la serra contre lui, l'embrassa devant tous, et tous applaudirent.

La tente était un palais miniature avec ses épais tapis, ses rideaux de soie brodée d'or et ses voluptueux coussins. Les rideaux divisaient la tente en trois parties : une pour les repas, une pour le repos, une pour les ablutions. Tous ses domestiques étaient là, arrivés avant elle, afin de tout préparer et l'accueillir avec les honneurs dus à son rang.

Après un délicieux bain rafraîchissant et un massage aux huiles parfumées donné par Leena, vint le moment de choisir son vêtement pour la soirée. Leena lui en présenta plusieurs tout en dirigeant son choix vers l'un d'eux, une merveille couleur safran qui mettrait sa carnation en valeur, affirma-t-elle.

Lorsque Ali se présenta pour la conduire à la fête donnée en son honneur, il sembla approuver ce choix. L'enveloppant d'un long regard admiratif, il s'inclina devant elle.

— Vous serez sans conteste la reine de la fête, dit-il d'une voix rauque. Ce soir, nous allons dîner sous les étoiles, et parce que cet endroit est tout à fait privé, vous n'aurez pas besoin de vous cacher le visage. Les chefs de différentes tribus vont venir ce soir. Ce sont mes amis. Ils auront parcouru de longues distances dans le désert pour le plaisir de vous voir.

— Mais... nous avons décidé de venir ici seulement hier soir... comment ont-ils su...

Il se mit à rire.

— La technologie moderne n'est pas un domaine réservé aux Occidentaux. Nous avons installé des relais et le téléphone portable permet désormais de communiquer n'importe où dans le désert.

S'emparant de sa main, il l'entraîna hors de la tente. Frances battit des paupières, croyant tout d'abord que l'oasis était en feu. Aussi loin que le regard pouvait porter, se dressaient des hommes, une torche à la main. Dans un ensemble parfait, ils la levèrent bien haut et crièrent en arabe des mots qu'elle ne comprit pas mais qui sonnaient comme des paroles de bienvenue et de respect. L'espace d'un instant, elle se sentit en parfaite communion avec cette foule.

Ali la conduisit vers deux énormes coussins sur lesquels ils prirent place, assis en tailleur, pour présider à la fête. Les mets les plus délicats avaient été préparés en quantité suffisante pour nourrir tous les participants, qui se régalèrent.

Un spectacle suivit le repas. Une troupe de cavaliers au galop apparut soudain et se livra aux acrobaties les plus extraordinaires. Ali lui expliqua que ces hommes vivaient dans le désert, passaient leur vie à cheval, fiers de cette habileté héritée de leurs ancêtres.

Jamais Frances n'avait assisté à pareil spectacle! Elle admira sans réserve ces acrobates surgis d'un autre temps. Se présenta alors un dernier cavalier, seul et masqué, aux vêtements incontestablement plus luxueux. A l'évidence, il n'avait pas le talent des précédents mais la foule l'applaudit à tout rompre. Frances comprit pourquoi quand, à la fin de son show, il atterrit à ses pieds et ôta son masque. Il s'agissait du prince Yasir.

— Que fais-tu ici? demanda Ali, amusé.

— Je tenais, moi aussi, à venir présenter mes respects à la reine de la fête, répondit Yasir en s'inclinant devant Frances.

Cette dernière lui sourit, l'applaudit, et il disparut dans la foule. A un signe d'Ali, un jeune homme s'approcha, une lyre à la main, dont il s'accompagna pour chanter. Frances se laissa bercer par la délicieuse musique qui semblait lui parler d'amour.

Soudain, Ali se pencha et murmura à son oreille :

— C'est un vieux poème arabe mis en musique.

— Et que dit-il?

— A peu près ceci :

Mon cœur chevauche la brise légère,
merveilleux et rapide destrier
et la femme qui est à mes côtés...

— Comme c'est romantique!

— *Tout comme le vent et le sable sont éternels,*
ainsi sera notre amour.

Soudain, la voix du chanteur se fit plus mélancolique et Ali continua à traduire :

— *Celle que j'aime est partie loin de moi,*
mais mon cœur et son cœur,
chevaucheront pour toujours
les rayons argentés de la lune.

Brusquement, Ali prit sa main dans la sienne et dit :

— C'est trop triste ! Venez, allons nous promener !

La foule les laissa passer et se garda de les suivre, comme si tous comprenaient leur besoin d'intimité. Frances se laissa entraîner vers les jardins et ils marchèrent en silence, accompagnés par le bruissement des feuilles des palmiers sous la brise et le murmure de l'eau dans les fontaines.

— Cet endroit est magique, murmura Frances, fascinée.

— J'espérais que vous penseriez ainsi. Le jardin d'Eden ressemble à cet endroit, j'en suis certain.

— Où se trouve-t-il ?

— Il se trouve là où se rencontrent deux êtres pour s'aimer loin de la fureur et des bruits de la foule. Mon père a bâti ce jardin pour ma mère. Nous avons tous notre jardin d'Eden. Le mien sera toujours là où vous vous trouverez.

La prenant dans ses bras, il l'embrassa avec une tendresse qu'elle ne lui avait pas connue jusqu'alors, puis il la conduisit jusqu'aux confins du jardin, là où commençait le désert. Les dunes ondoyaient à l'infini sous les rayons de la lune.

— Voici le désert qui peuplait vos rêves d'adolescente. Demain, je vous le ferai découvrir. Nous partirons à l'aube, alors que l'air est encore frais et plaisant et reviendrons avant que le soleil ne soit trop haut dans le ciel. L'après-midi, vous prendrez un peu de repos et le soir, nous l'explorerons de nouveau. Qui sait ? Peut-être chevaucherons-nous sans nous arrêter et disparaîtrons-nous aux yeux du monde, ajoutant ainsi une nouvelle légende à celles qui peuplent déjà ce lieu qui n'a cessé de fasciner les hommes.

— Jamais je ne pourrai assez vous remercier de me le faire connaître.

— Le désert est pour moi le plus bel endroit du monde, mais vous êtes plus belle encore.

Il l'enlaça, et elle s'ouvrit à lui comme une fleur s'ouvre au printemps.

— Ali..., murmura-t-elle dans un souffle.

— Prononcez mon nom une fois encore, supplia-t-il. Il sonne comme une musique céleste sur vos lèvres.

Elle le répéta encore et encore jusqu'à ce qu'il lui ferme la bouche d'un baiser. Il la souleva alors de terre et la porta jusqu'à sa tente. Avec un soupir de bonheur, elle noua ses bras autour de son cou et ferma les yeux afin qu'aucune autre image ne vienne perturber le rêve qu'elle était en train de vivre. Il l'allongea sur les coussins. Ils étaient seuls. Frances leva sa main et effleura la joue d'Ali du bout de ses doigts, prête à se donner à lui. Mais, au lieu de s'allonger près d'elle, ce dernier se leva brusquement.

— Soyez prête à l'aube. Je viendrai vous chercher sur mon tapis volant afin de vous transporter dans une contrée magique. En attendant, que la nuit vous soit douce...

Sur ces mots, il tourna les talons et sortit rapidement de la tente, laissant Frances seule avec sa frustration.

Il tint parole. Aux premières lueurs de l'aube, il se présenta à la porte de sa tente en tenue de cavalier.

Frances était prête. Enfourchant chacun un fier destrier, ils s'élancèrent à la conquête du désert et bientôt, l'oasis ne fut plus qu'un point derrière eux.

Le soleil monta rapidement dans le ciel, embrasant le sable, le faisant briller de mille feux. Frances éperonna son cheval qui s'envola littéralement.

— Savez-vous où nous sommes? demanda Ali, la rejoignant.

La jeune femme regarda autour d'elle. Aussi loin que son regard puisse porter, ne s'étendaient que des dunes.

— Nous sommes perdus! s'écria-t-elle, alarmée.

— Non! Nous avons galopé dans la direction opposée au soleil. Pour revenir à notre point de départ, il nous suffira de galoper dans sa direction. Mais, pour quelques minutes, nous voici seuls au monde, avec pour seul univers le sable, le soleil et le ciel. Un univers où les lignes se rejoignent pour ne faire plus qu'une. Un univers si dépouillé qu'il ne reste plus que l'essentiel.

— Je rêve que nous puissions galoper ainsi pour l'éternité, vers un univers de paix, de silence et de sérénité, oubliant le reste du monde et ses contraintes, murmura-t-il.

— Un rêve que j'aimerais partager, soupira Frances. Hélas, nous ne pouvons fuir le monde auquel nous appartenons!

— Est-ce donc si difficile?

— C'est plus facile pour vous...

— Comme vous vous trompez! Croyez-vous qu'il me soit facile de vous côtoyer chaque jour alors que vous ne cessez de me rappeler ce qui nous sépare?

— Mais je...

Il posa ses doigts sur ses lèvres pour la faire taire.

— Déjà, le soleil monte à l'horizon et nous devons rentrer, expliqua-t-il. Mais nous reviendrons ce soir. Je veux vous montrer le désert sous toutes ses facettes, car quelque chose me dit que vous faites partie de ceux qui peuvent le comprendre et l'aimer.

Frances avait pensé que rien ne pourrait jamais égaler la splendeur du désert au lever du soleil mais, le soir même, elle comprit qu'elle s'était trompée.

Comme ils se dirigeaient vers l'endroit où les chevaux les attendaient, Ali lui confia:

— Enfant, je venais souvent à Wadi Sita, avec mes parents. J'étais trop jeune alors pour comprendre les choses de l'amour mais déjà, à cet âge-là, je percevais le lien magique qui unissait deux êtres. Je me souviens qu'un soir, mes parents m'avaient laissé aux soins de ma nourrice. Jaloux de leur complicité, qui m'excluait, je me fis alors la promesse que, moi aussi, un jour, je galoperais au clair de lune avec celle que j'aime.

Frances s'apprêtait à répondre mais, une fois encore, il mit son doigt sur ses lèvres comme si les mots ne devaient pas gâcher la magie du moment.

Haut dans le ciel, la pleine lune brillait telle une énorme boule argentée, accentuant encore le mystère des dunes, qui baignaient dans un voile d'irréalité. Ils galopèrent à perdre haleine, la brise leur caressant le visage.

Lorsque, quelques instants plus tard, ils s'arrêtèrent, Frances sut que jamais jusqu'alors elle n'avait entendu un tel silence.

— Cela ressemble-t-il à vos rêves ? lui demanda-t-il.

Elle hocha la tête.

— En mille fois plus fascinant, oui..., assura-t-elle.

Il ne répondit pas. Dans l'obscurité, elle ne voyait pas l'expression de son visage mais il n'avait nul besoin de parler. Les mots étaient devenus inutiles. Ils étaient en communion totale. Quoi qu'il arrive dans le futur, jamais Frances n'oublierait cet instant.

— Merci ! murmura-t-elle dans un souffle.

Quand elle rentra, Leena l'attendait avec un bain rafraîchissant. Ensuite, tel un automate, Frances marcha vers son lit, perdue dans ses rêves.

— Je vais vous masser, lui proposa alors sa suivante. J'ai de nouvelles huiles...

Après cette chevauchée sauvage, un massage était exactement ce qu'il lui fallait. Frances laissa tomber la serviette qu'elle avait nouée autour d'elle et s'allongea sur son lit. Un délicieux parfum remplit aussitôt l'atmosphère, un parfum enivrant qu'elle n'avait, en effet, encore jamais senti jusqu'alors.

Ses pensées s'envolèrent vers Ali. Tout son corps était douloureux tant était fort son désir d'être dans ses bras. Après ces deux chevauchées dans le désert, jamais ils n'avaient été aussi proches, aussi complices. Allongée sur le ventre, les mains sous son menton, elle ferma les yeux et regretta amèrement qu'il ne fût pas à son côté.

Elle sentit des mains expertes lui masser les épaules, faisant pénétrer l'huile dans sa peau afin de détendre ses muscles. C'était divin... Peu à peu, elle s'abandonna au plaisir de ce massage et laissa échapper un soupir de contentement.

— Je suis heureux que cela vous plaise! murmura alors une voix reconnaissable entre toutes.

— Ali!

Elle voulut se relever, mais la pression sur ses épaules se fit plus forte, l'obligeant à rester allongée.

— Depuis quand êtes-vous ici? demanda-t-elle.

— Depuis quelques minutes seulement. Je me suis glissé sans bruit dans votre tente et j'ai renvoyé Leena.

Il était nu jusqu'à la taille, n'ayant gardé que son pantalon. Elle-même était entièrement nue. Elle aurait dû s'indigner, mais le plaisir qu'elle ressentait l'en empêcha.

— Vous n'aviez pas le droit...

— Je sais! Je suis un ignoble individu. Pourrez-vous jamais me pardonner?

— Seulement si vous partez sur-le-champ.

— Si c'est ce que vous désirez...

— Vous... vous allez le faire? balbutia-t-elle.

— Evidemment! Dès que j'aurai terminé. Vos désirs sont des ordres, Diamond. En attendant, ne bougez plus et laissez-moi finir mon travail.

Elle n'avait plus aucun désir d'argumenter. C'était un bonheur suprême d'être allongée et de sentir ses mains sur son dos, ses épaules...

— Vous êtes si belle ! murmura-t-il d'une voix rauque. Plus belle encore que dans mes rêves ! Si proche de la perfection !

Ecartant ses cheveux, il déposa un baiser sur sa nuque. Elle ignorait combien elle était sensible en ce point particulier, mais Ali, lui, le comprit, et se mit à déposer de petits baisers tout le long de son dos, jusqu'à ses reins. Le plaisir qu'elle éprouva alors anéantit ses défenses, la préparant à ce qui allait suivre. Très lentement, sans doute pour ne pas l'effaroucher, il la retourna.

— J'ai tellement rêvé de cet instant où je vous verrais nue, où vous auriez enfin rendu les armes, où vous me désireriez comme je vous désire !

Les mots coulaient comme du miel à ses oreilles, et elle s'abandonna à leur musique. Bientôt, elle reprendrait les armes, mais pas ce soir. Ce soir, elle était prête à se donner à lui, à se soumettre à sa volonté, vaincue par la passion qui la submergeait. Sans doute regretterait-elle son geste dès le lendemain mais, pour l'instant, seul l'instant présent comptait.

Ali se débarrassa du reste de ses vêtements et, à la clarté des lampes, elle put alors admirer la beauté de ce corps bronzé, ce corps d'athlète aux proportions si harmonieuses. Ses muscles saillaient sous la peau. Il était l'image même de la force et, de toute évidence, éprouvait pour elle un désir violent.

Il s'allongea contre elle et elle retint son souffle. Sa peau contre la sienne procura à Frances une sensation délicieuse. Il l'embrassa longuement, comme si la nuit leur appartenait...

Ali possédait un art consommé de l'amour. Avant de la posséder, il prenait le temps de lui révéler qu'elle avait un corps et qu'elle ne le connaissait pas. Tel un musicien, il en jouait comme d'un instrument de musique, en tirant une délicieuse mélodie. Bientôt, folle de désir, elle le supplia :

— Prenez-moi ! Oh... Ali... prenez-moi !

— Ma Diamond... enfin !

Tout comme lui, Frances avait rêvé de cet instant, mais rien ne l'avait préparée à ce qu'elle éprouva. Lorsque leurs deux corps s'unirent, elle sut que c'était la chose qu'elle attendait depuis toujours. Cet homme était incontestablement celui qui lui était destiné. Il murmurait des mots tendres à son oreille, qu'elle comprenait d'instinct. Des mots d'adoration, de passion. D'amour ?

Elle aussi aurait voulu dire ces mots, mais aucun son ne sortait de sa bouche. Elle ne pouvait émettre que des soupirs et des gémissements de plaisir. Au moment de l'extase finale, des larmes de bonheur coulèrent sur ses joues et elle s'endormit, vaincue, entre ses bras.

Frances s'éveilla aux premières lueurs de l'aube. Le silence était total. Ali était allongé, nu, à côté d'elle, le front sur une de ses mains et l'autre passée autour de sa taille dans un geste ultime de possession. Sur son visage se lisait l'expression d'un bonheur total.

Milles pensées envahirent alors l'esprit de Frances. Cette nuit, elle avait découvert sa vraie nature et s'en trouvait totalement déstabilisée. La femme calme, posée, raisonnable, qu'elle pensait être, s'était révélée une amante passionnée dans les bras de cet homme dont les caresses, les baisers lui avaient fait perdre la tête au point de lui faire oublier le monde réel et ses contraintes. Ce matin, les feux de la passion apaisés, elle prenait conscience d'un fait plus grave encore : elle aimait cet homme non seulement de tout son corps, mais de toute son âme.

A ce moment, Ali s'éveilla et s'étira voluptueusement. Leurs yeux se cherchèrent, se rencontrèrent et ce qu'elle vit dans les siens fit s'évanouir aussitôt ses peurs. Levant la main vers son visage, il lui caressa la joue de ses longs doigts effilés.

— Tout va bien, ma lady Almas Faiza ?

— Beaucoup trop bien ! soupira-t-elle.

— Comment cela ?

— L'excès de bonheur me fait peur.

— Pourquoi ? Le bonheur n'est-il pas le plus merveilleux des cadeaux ?

Elle aurait dû alors lui réclamer sa liberté, mais elle ne le fit pas, de peur de gâcher ce moment magique. Il la prit dans ses bras et dans l'ardeur de leur étreinte, elle oublia tout ce qui n'était pas lui. Cette nouvelle exploration mutuelle de leur corps leur apporta plus de bonheur encore que la veille...

— Que voulez-vous faire aujourd'hui ? lui demanda Ali, quand ils eurent pris quelque repos. Explorer de nouveau le désert ?

— Non !

— Alors quoi, mon amour ?

— Laissez-moi rentrer dans mon pays, je vous en supplie !

Le visage d'Ali se ferma.

— Vous laisser partir ! Alors que nous venons juste de nous trouver ! Vous n'y pensez pas !

— Je ne peux pas vous aimer alors que vous me retenez prisonnière !

— Lorsqu'on aime vraiment, le reste importe peu.

— Il m'importe, à moi !

— Maintenant que je vous ai trouvée, jamais plus je ne vous laisserai repartir !

— Mais...

— Taisez-vous ! dit-il en la prenant dans ses bras et en lui fermant la bouche d'un baiser.

Elle était bien en sa compagnie, et encore mieux quand il l'embrassait, la serrait contre lui à l'étouffer. Mais son esprit d'indépendance se révoltait et lui commandait de ne pas céder. Rassemblant ses forces, elle se libéra de son étreinte.

— Revenez dans mes bras! dit-il, croyant à un jeu et tentant de la rattraper.

— Non! Ali, écoutez-moi, je vous en prie, je suis sérieuse. Ce qui nous arrive est merveilleux, mais ce n'est qu'un rêve.

— Un rêve qui vaut la peine d'être vécu! Afin de vous prouver qu'il est tout de même ancré dans la réalité, vous allez recevoir l'autorisation de visiter la Water Extraction Company, ce que nul autre avant vous n'a jamais obtenu. Je vais donner des ordres afin que l'on réponde à toutes vos questions.

Frances sentit soudain le doute l'envahir.

— N'essayeriez-vous pas, une fois encore, de m'acheter? demanda-t-elle.

— Ne désiriez-vous pas découvrir les secrets qui se cachaient à Wadi Sita?

— Si. Mais apprenez que je ne me laisse pas facilement circonvenir.

— Et, vous, n'oubliez pas que ceci est mon pays et que c'est moi qui dicte les lois.

Frances perçut la menace que cachait ce ton badin. Une fois de plus, il avait réussi à brouiller les cartes. En tant que journaliste, elle aurait vendu son âme au diable pour découvrir ce qui se cachait derrière les mystérieux bâtiments de Wadi Sita, et voilà qu'il lui en ouvrait les portes! Comment résister à pareille invite? D'autre part, s'il lui permettait ainsi de se documenter pour son article, n'était-ce pas avec l'intention de la libérer pour qu'elle puisse le publier? Elle ne put résister à l'envie de le provoquer.

— Ne craignez-vous pas que pendant que je mène mon enquête, j'en profite pour m'évader?

Il la repoussa brusquement loin de lui. Lorsqu'il se retourna vers elle, le changement d'expression de son visage l'effraya.

102

— Si vous tentez de vous échapper, dit-il d'une voix glaciale, jamais je ne vous pardonnerai !

Se levant, il s'habilla et quitta la tente sans un regard en arrière.

9.

En n'importe quelle autre occasion, la visite de la Water Extraction Company de Wadi Sita aurait enchanté Frances. Comme Ali l'avait promis, chacun avait reçu l'ordre de répondre à ses questions et ce qu'elle apprit sur l'activité de recherche de la compagnie la fascina. A sa grande surprise, de nombreuses femmes y travaillaient. L'une d'elles, plus spécialement chargée de l'accompagner, lui parut particulièrement au fait de la situation économique actuelle, et Frances l'écouta avec attention.

Elle quitta le bâtiment en fin d'après-midi pour rejoindre le jardin afin d'y rédiger ses notes. Cela fait, elle rangea son carnet dans son sac et flâna le long des allées, à l'écoute du son de l'eau jaillissant des fontaines. Quelle serait la suite des événements ? se demanda-t-elle. Au lieu d'accepter d'en discuter avec elle, ce matin, après leur merveilleuse nuit d'amour, Ali s'était de nouveau conduit en dictateur et était parti, la menaçant de ne jamais lui pardonner si elle s'avisait de chercher à s'enfuir. Un frisson la parcourut à ce souvenir.

Elle s'assit sur le rebord d'une des fontaines et contempla son reflet dans l'eau. Soudain, un deuxième reflet s'ajouta au sien. Se retournant, elle découvrit Yasir.

— Que se passe-t-il ? demanda-t-il. Quelle est donc la cause de cette tristesse qui ternit votre visage ? Ali ne vous traiterait-il pas comme il le devrait ? La rumeur dit pourtant qu'il vous couvre de bijoux...

— Hélas, ce n'est pas de bijoux dont j'ai besoin, mais de liberté !

Les sourcils froncés, Yasir regarda autour d'eux.

— Vous semblez pourtant tout à fait libre, dit-il. Je ne vois aucun garde à proximité.

— Qui a besoin d'être gardé au milieu du désert ? Où pourrais-je me réfugier ?

— Ainsi, votre désir est de fuir mon cousin !

— Euh... ce n'est pas aussi simple ! reconnut-elle. S'il me rendait ma liberté, sans doute l'utiliserais-je pour revenir auprès de lui.

— Ce serait alors votre choix et cela changerait beaucoup de chose, n'est-ce pas ?

— Exactement ! s'exclama-t-elle, étonnée et heureuse qu'il la comprenne.

— Mon cousin a pour habitude de voir chacun céder au moindre de ses désirs. Peut-être le moment est-il venu pour lui d'apprendre qu'il ne peut en être toujours ainsi. Je ne supporte pas l'idée que vous soyez malheureuse. Il se trouve que je possède une petite maison non loin d'ici, équipée d'un téléphone. Vous pourriez prendre contact avec votre ambassade...

— Vous... vous seriez prêt à m'aider ?

— C'est la seule chose raisonnable à faire, non ? Partons tout de suite !

Sans plus se poser de questions, Frances le suivit, bénissant le ciel de lui offrir cette aide inespérée.

La petite maison annoncée par Yasir se révéla être, en fait, un palace miniature outrageusement décoré. Mais seul importait à Frances qu'il soit équipé d'un téléphone.

— C'est au premier étage ! indiqua Yasir en l'entraînant vers une pièce en haut d'un escalier.

Elle pénétra dans une chambre aux murs ornés de poignards et d'épées de toutes sortes. Un parfum exotique flottait dans l'air que Frances trouva particulièrement écœurant mais, sans perdre une seconde, elle se dirigea vers le téléphone posé sur la table de nuit et souleva le combiné.

— Comment puis-je entrer en contact avec l'ambassadeur ? demanda-t-elle en se tournant vers son hôte.

C'est alors qu'elle vit un sourire narquois naître sur les lèvres de ce dernier. Saisie d'une soudaine appréhension, elle porta le combiné à son oreille, mais n'entendit aucune tonalité. Lui montrant le fil du téléphone qu'il tenait à la main et qu'il avait arraché du mur, Yasir se dirigea vers la porte dont il tourna la clé.

— Que signifie...

— Tu n'as donc pas encore compris, ma toute belle ? Je vais t'avoir à moi sans débourser un centime. Ali pourra te récupérer lorsque j'en aurai fini avec toi... s'il veut encore de toi, ce dont je doute !

Frances le regarda s'avancer vers elle, atterrée. Comment avait-elle pu, une seule seconde, faire confiance à cet homme dont les yeux n'exprimaient plus désormais que concupiscence et cruauté ?

— Vous avez perdu la tête ! s'exclama-t-elle en reculant. Ali vous châtiera si vous osez toucher à un seul de mes cheveux.

— Oh, il sera en colère, c'est certain ! Mais je disparaîtrai pendant quelque temps et il finira par oublier. Les femmes ont si peu d'importance ! Cela m'ennuyait de le voir montrer autant d'intérêt pour l'une d'elles.

— Vous avez toujours désiré ce qui lui appartient, n'est-ce pas ?

Yasir eut une moue d'enfant capricieux.

— Il a passé sa vie à obtenir ce que je désirais. Il occupe le trône qui me revient de droit. Mais, enfin, aujourd'hui, je tiens ma revanche. Je me suis approprié ce qu'il vénère et je compte bien en tirer le plus grand plaisir...

Il s'avança vers elle et Frances, pour la première fois de sa vie, éprouva une peur réelle. Elle maudissait la stupidité qui l'avait fait tomber dans un piège aussi grossier. Yasir s'était montré beaucoup trop aimable pour être honnête, et son regard, à présent, n'était plus que haine. Une haine qu'il allait retourner contre elle...

Yasir sourit de nouveau comme s'il se délectait à l'avance du combat à venir. Hypnotisé, il tenait son regard fixé sur la poitrine de sa victime qui frémissait sous l'emprise de la peur.

Frances s'efforça de recouvrer son calme et, au moment où il allait l'étreindre, elle lui lança un violent coup de pied dans le tibia. Comme il poussait un cri et se courbait en deux sous l'effet de la douleur, elle saisit l'un des poignards qui ornaient le mur, derrière elle. Lorsque Yasir se redressa, elle lui fit face et, brandissant la lame effilée, lança :

— Je n'hésiterai pas à m'en servir si vous vous approchez encore !

Il ricana.

— Je suis un prince, le cousin du tout-puissant Ali Ben Saleem. Versez une seule goutte de mon sang et je ne donne pas cher de votre peau.

Sans doute avait-il raison, mais Frances ne baissa pas la garde. Au contraire, elle avança vers lui et, comme elle l'avait espéré, il recula...

C'est alors que des bruits leur parvinrent de l'escalier, puis on entendit le son d'une voix reconnaissable entre toutes.

— Ali ! cria Frances.

Yasir eut alors un rictus mauvais. Avant qu'elle ait le temps de réagir, il se jeta sur la lame. Le sang se mit à couler de son bras. Poussant un cri, il se laissa tomber sur le sol au moment même où, enfonçant la porte, Ali pénétrait dans la pièce. Derrière lui se tenaient deux gardes du corps.

— Arrêtez cette femme ! hurla Yasir. Elle a tenté de me tuer ! Je perds mon sang !

Les gardes voulurent lui obéir mais Ali les arrêta d'un geste de la main et ils restèrent derrière lui. Dans un silence oppressant, le regard du souverain alla de son cousin blessé, étendu sur le sol, à Frances, qui tenait toujours le poignard à la main.

— Donnez-moi ça! ordonna-t-il.

— Laissez-moi vous expliquer...

— Donnez-moi ça! répéta-t-il d'une voix impérative.

Désespérée, Frances lui tendit le poignard. Se penchant vers Yasir, il examina attentivement sa blessure, puis il se releva.

— Gardes, ordonna-t-il, arrêtez cet homme!

— Mais elle a tenté de me tuer! protesta Yasir.

— Dommage qu'elle ne l'ai pas fait car tu n'aurais alors eu que ce que tu mérites. Estime-toi heureux que je ne le fasse pas moi-même. Gardes, emmenez-le! Faites soigner sa blessure et mettez-le aux arrêts!

Yasir tempêta mais les deux colosses le saisirent et le traînèrent dehors. Frances s'appuya au mur, épuisée.

— J'ai... j'ai cru que vous alliez me faire arrêter.

— Décidément, vous me connaissez bien mal! Ne restons pas là, venez!

Lui entourant les épaules d'un bras protecteur, il la guida hors de la maison jusqu'à sa tente.

— Il... il voulait posséder ce qu'il pensait vous appartenir, dit Frances d'une voix hachée. Je voulais l'empêcher de m'approcher, pas le tuer. Mais, lorsqu'il vous a entendu, il s'est délibérément jeté sur la lame.

— Je vous crois. Il sera puni comme il le mérite.

— Comment avez-vous su où je me trouvais?

— Par bonheur, Leena vous a vue lui parler dans le jardin et a perçu le danger. Elle est accourue me chercher. Mais... vous tremblez?

La tension avait été extrême et, le danger passé, Frances tremblait effectivement comme une feuille. Ali emprisonna son visage dans ses mains.

— Je suis près de vous et vous n'avez plus rien à craindre. C'était pure folie de suivre ce triste individu jusqu'ici mais, par la suite, vous avez été sublime. Je suis très fier de vous.

— Vous... vous auriez pu me faire mettre aux arrêts !

— Pas une seconde je n'ai douté de vous !

Cette déclaration la bouleversa jusqu'au plus profond d'elle-même.

— Ali, je... je dois vous faire un aveu. J'ai suivi Yasir chez lui parce que...

Les mots s'étranglèrent dans sa gorge. Il la regarda, inquiet soudain.

— Parlez, je vous en supplie !

— Je l'ai suivi... parce qu'il m'avait offert de me laisser téléphoner à mon ambassade. Ne me regardez pas comme cela, je vous en supplie ! Vous savez le prix que j'attache à ma liberté et...

— Vous vouliez me quitter, vous enfuir avec l'aide de ce traître !

— J'ignorais alors ses intentions. Que pouvais-je faire ? Je ne puis rester votre prisonnière, Ali ! Je dois impérativement rentrer dans mon pays !

— Après ce qui s'est passé entre nous, la nuit dernière ?

— A cause de cela, précisément.

— Que voulez-vous dire ? Me serais-je trompé ? Me ferais-je des illusions en croyant que notre relation est unique ?

— Non ! Ce qui nous arrive est magique, je le reconnais. Mais je n'appartiens pas à cette catégorie de femmes pour qui le luxe est un but dans l'existence. Vous m'avez installée dans une prison dorée, en me privant du seul bien qui m'importe vraiment : ma liberté. Sans elle, je n'ai rien à vous offrir !

Dans les yeux de son interlocuteur, elle lut la stupeur, et comprit que sa belle tirade ne signifiait rien pour lui. Un monde les séparait...

— Ali, essayez de comprendre ! supplia-t-elle. Il est temps pour moi de rentrer en Angleterre.

L'expression de son visage se durcit.

— C'est à moi et à moi seul d'en décider ! Je vous ai offert la place de favorite. Vous êtes honorée par tous mes sujets, y compris par moi-même. C'est un statut des plus enviables. Mais permettez-moi de vous donner un conseil : n'abusez pas de ma patience, car il n'est pire statut que celui de favorite déchue. Oublions ce qui vient de se passer. Votre place est dans mes bras...

— Non, Ali, non !

— Vous caresser est un tel plaisir, Diamond, ne me l'enlevez pas !

Elle voulut protester mais il la fit taire en posant son doigt sur ses lèvres. Ce simple contact l'électrisa, et elle fit une ultime tentative.

— Ali... non ! Il nous reste encore tellement de choses à dire !

— Mais nous les disons, affirma-t-il en l'entraînant vers le lit. Laissons parler nos corps. Eux savent trouver les mots qu'il faut.

Il ôta ses vêtements et les siens et, vaincue, Frances le laissa faire. Elle avait une telle soif de ses caresses, de ses baisers ! Comment lutter contre le sentiment dévastateur qui la submergeait, annihilant toute volonté ? Elle aimait cet homme comme jamais encore elle n'avait aimé et comme jamais plus elle n'aimerait.

Quand il posa ses lèvres sur le bout de ses seins gorgés de désir, tout son corps se cambra, à la recherche de cette bouche qui faisait naître en elle de si sublimes sensations. Elle se donna à lui sans réserve. Au moment suprême, elle poussa un cri, dont elle n'aurait su dire s'il était de plaisir ou de désespoir.

Lorsqu'ils retombèrent, épuisés, dans les bras l'un de l'autre, il la contempla avec une infinie tendresse.

— Un jour, je vous ai déclaré que je ne serais pleinement satisfait que lorsque vous vous donneriez à moi totalement, lui rappela-t-il. Dites-moi que vous êtes mienne, Diamond. Dites-moi que vous m'appartenez corps et âme. Je veux entendre ces mots sur vos lèvres.

Elle se raidit.

— En tant que prisonnière, jamais je ne pourrai vous appartenir! dit-elle, au comble du désespoir. Laissez-moi partir!

Ali eut l'impression qu'un poignard lui transperçait le cœur. Elle voulait le quitter! Il la repoussa, se leva et lui tourna le dos afin de lui cacher l'expression de son visage. Jamais cette femme ne devait deviner le pouvoir qu'elle exerçait sur lui. Jamais elle ne devait deviner sa souffrance. Sa fierté, sa dignité d'homme étaient en jeu.

Soudain, il y eut une sorte d'effervescence devant la tente. Ali se revêtit prestement et sortit. Frances l'entendit donner des ordres en arabe et, quelques instants plus tard, il était de retour.

— Nous rentrons à Kamar, l'avertit-il. Ma mère revient de New York et je souhaite être là pour l'accueillir.

Le vol de retour se déroula dans le plus profond silence. L'hélicoptère se posa sur le toit du palais et Frances fut escortée jusqu'à son appartement par une garde d'honneur, plus importante encore que la dernière fois.

Son secrétaire ayant averti Ali que la princesse Elise était arrivée, celui-ci se dirigea aussitôt vers ses appartements, où elle l'accueillit avec chaleur.

— Quel bonheur de te revoir, mon fils! dit-elle en lui ouvrant ses bras.

Il la serra contre lui.

— Mère, vous êtes plus éblouissante que jamais! Avez-vous fait bon voyage?

112

— Tout s'est merveilleusement bien passé.

Elle indiqua un dossier sur son bureau.

— Tu trouveras les résultats de mes démarches dans ce dossier préparé à ton intention. J'espère que tu approuveras mes initiatives.

— Ai-je jamais contesté vos décisions, mère ? Mais arrêtons de parler affaires et laissez-moi vous regarder. Vous m'avez beaucoup manqué.

Il recula d'un pas et la contempla longuement avec, au fond des yeux, une immense tendresse.

— Vous semblez en pleine forme pour quelqu'un qui arrive de New York ! dit-il, admiratif.

— En fait, je me suis arrêtée à Londres. J'y suis d'ailleurs arrivée juste après ton départ, pour entendre raconter d'étranges histoires à ton sujet !

Il rit et prit place sur le divan à côté d'elle, acceptant la boisson qu'elle lui offrait.

— Mes gens parlent trop, reconnut-il. Je ne m'en préoccupe guère.

— Mmm... cette fois, il semble pourtant que ce soit sérieux. Parle-moi donc de cette jeune Anglaise que tu as soi-disant *invitée* à Kamar.

Ali haussa les épaules. Jouant l'indifférence, sous le regard inquisiteur de sa mère, qu'il vénérait, il se sentait en réalité terriblement mal à l'aise. Avec son intransigeance et sa détermination, la princesse Elise lui faisait irrémédiablement penser à une autre femme qui était encore à ses côtés quelques instants auparavant...

— Mademoiselle Frances Callam est effectivement mon invitée pour un certain temps, expliqua-t-il. Mais parlez-moi plus en détail de votre voyage...

— Nous aurons tout le temps pour cela plus tard, mon fils. J'ai dû jouer les détectives pour essayer de comprendre une histoire dans laquelle étaient impliquées une agence de placement et une domestique mystérieusement disparue en même temps que toi. Par l'intermédiaire

113

de l'agence, j'ai pu entrer en contact avec un certain Joey, très inquiet de la soudaine disparition de Mlle Callam, une journaliste dont il est sans nouvelles. Evidemment, je me suis empressée de le rassurer lui affirmant que, si elle était ton invitée, elle serait bien traitée. J'espère ne pas m'être trompée.

— Non, mère. Frances a été, effectivement, on ne peut mieux traitée ici.

Elise lui lança un regard perçant et il rougit.

— Mon fils, apprends qu'il existe des lois que, même toi, tu ne peux transgresser. Peut-être vaut-il mieux que j'ignore quelle a été vraiment ta conduite, mais j'exige que tu me présentes cette jeune femme dès demain matin !

— Oui, mère ! acquiesça-t-il en s'inclinant.

10.

L'appartement de la princesse Elise était un savant mélange de luxe oriental et de confort anglais. Dès que Frances y fit son entrée, escortée par Ali, elle se leva pour l'accueillir chaleureusement.

— J'étais très impatiente de vous rencontrer, mademoiselle Callam, dit-elle, car ce que l'on m'a rapporté sur vous avait fortement aiguisé ma curiosité. Il semble que vous ayez impressionné les Kamari dans leur ensemble !

Frances se demanda quel type d'informations étaient parvenues à ses oreilles et se contenta de sourire. Autour d'un thé, les deux femmes échangèrent quelques politesses ponctuées par des interventions d'Ali jusqu'à ce que la princesse déclare d'une voix ferme :

— Mon fils, je suis certaine que les devoirs de ta charge t'appellent.

Par expérience, Ali savait qu'il était inutile d'essayer de s'opposer à la volonté de sa mère. Avec un haussement d'épaules, il quitta la pièce.

Une fois son fils parti, Elise sourit à Frances.

— Je m'attendais que vous soyez d'une grande beauté, mais vous êtes beaucoup plus que cela, dit-elle. Répondez-moi franchement, êtes-vous ici par choix ?

— Non ! répondit Frances.

Le visage de la princesse se fit soudain plus sombre.

— Nous reparlerons de cela plus tard. Racontez-moi tout d'abord comment tout cela a commencé.

Frances s'exécuta. Lorsqu'elle parla du chèque, Elise s'exclama :

— Ah, voilà enfin l'explication d'un point qui m'intriguait fortement ! Venez avec moi.

Saisissant la main de Frances, elle l'entraîna dans la pièce attenante. La jeune femme s'arrêta, stupéfaite, sur le seuil. Il s'agissait d'un bureau équipé des tout derniers modèles d'ordinateurs. A leur arrivée, deux jeunes femmes, assises devant des écrans, se levèrent et s'inclinèrent devant la princesse. Cette dernière prit la place de l'une d'elles devant un écran sur lequel elle afficha un tableau.

— Comme vous pouvez le voir, chaque année, mon fils offre un chèque d'un million de livres à des organisations caritatives, dit la princesse. Qu'il leur donne, soudain, un chèque supplémentaire de cent mille livres m'a étonnée. Il ne fait jamais ce genre de chose sans me consulter auparavant.

— Un... un million ! bredouilla Frances, abasourdie. Et il... il vous consulte !

— Bien entendu. C'est moi qui gère tous les dons faits aux organismes de charité.

— Tous les dons...

— A peu près vingt millions de livres par an.

L'évidente stupéfaction de son interlocutrice amena un sourire sur les lèvres d'Elise.

— J'espère que vous n'avez pas cru à cette réputation de play-boy dépensant tout son argent sur les tapis des casinos que les journalistes ont faite à mon fils ! Ali mène un train de vie inhérent à sa fonction, mais les revenus du pétrole sont d'abord dépensés pour le bien-être et le confort de ses sujets. Nos hôpitaux sont parmi les mieux équipés du monde.

— Pourquoi ne m'a-t-il pas détrompée, alors ?

La princesse sourit.

— Il se méfie des journalistes comme de la peste. Il

n'a pas tort, car certains racontent vraiment n'importe quoi !

— Il a refusé de parler affaires avec moi, sous le simple prétexte que je suis une femme !

La princesse éclata de rire.

— Je reconnais bien là mon fils ! *L'intelligence des affaires ne peut être laissée qu'entre les mains expertes des hommes.* Il lui reste encore beaucoup de choses à apprendre ! Je m'y emploie et il fait quelques progrès, croyez-moi...

Elle désigna les ordinateurs et ses collaboratrices.

— Il me laisse l'entière responsabilité de la gestion d'une partie importante des revenus de Kamar. Je parcours le monde et lui fait des rapports sur les souffrances que l'on peut soulager et il écoute mes conseils. Je profite aussi de ces voyages, pour faire quelques achats !

— Je... je n'arrive pas à croire...

— Suivez-moi. Il est important que vous voyiez les choses par vous-même.

La princesse appuya sur un bouton et parla dans l'Interphone.

— Veuillez faire avancer ma voiture devant le perron, s'il vous plaît.

Dix minutes plus tard, assises à l'arrière de la limousine personnelle de la princesse Elise, les deux femmes traversaient la ville. La voiture s'arrêta devant un vaste building peint en blanc.

— Voici l'hôpital, expliqua la princesse. Nous visiterons tout d'abord la partie privée, mais ce n'est pas la plus intéressante.

La section privée de l'hôpital ressemblait, en effet, à celle de tous les hôpitaux modernes du monde. Lorsqu'elles pénétrèrent dans la deuxième section, Elise expliqua :

— Ici sont soignés gratuitement tous ceux qui ne peuvent payer. Le fonctionnement est entièrement financé par l'Etat. Ali a décidé qu'il en serait ainsi.

L'œil exercé de la journaliste constata que les équipements ainsi que le personnel, n'étaient pas moins nombreux que dans la partie précédente.

— Est-ce que l'argent alloué provient du pétrole? demanda Frances.

— Pas seulement. Les casinos sont également très rentables.

— *Les* casinos?

— Kamar en possède un dans la plupart des grandes villes du monde et plusieurs à Las Vegas. Avec ces ressources, il compte financer un grand projet d'irrigation d'une partie du désert.

Frances se mordit la lèvre, honteuse de la fausse opinion qu'elle s'était forgée sur son hôte, puis tourna son regard vers le Sahar Palace.

— Il vous intéresse?

— Ali m'a confié qu'il était abandonné car mal adapté aux besoins actuels. N'est-ce pas un terrible gaspillage?

— Ainsi, il a omis de vous informer de son usage actuel! Vraiment, il exagère! s'exclama-t-elle, exaspérée.

Elles regagnèrent la limousine et, sur un ordre de la princesse, le chauffeur la remit en route. Quelques minutes plus tard, ils franchissaient le porche du palace pour s'arrêter au milieu d'une cour. A la vue de la voiture royale, deux femmes s'avancèrent aussitôt suivies par une ribambelle d'enfants qui se précipitèrent dans les bras de la princesse. L'une des femmes expliqua à Frances, dans un anglais parfait:

— Les enfants adorent la princesse Elise. Ils n'ont plus de maman, et dans leur cœur, elle la remplace.

— Le palais est donc devenu... un orphelinat! balbutia Frances.

— Oui, intervint alors Elise. Ali a souhaité que le Sahar Palace soit utile au pays. Et quel meilleur usage aurait-on pu en faire que d'assurer l'avenir de ces enfants? Suivez-moi à l'intérieur. Je pense que vous allez y voir des choses qui risquent de vous surprendre.

L'orphelinat était un modèle du genre. Non seulement il était bien entretenu, superbement équipé, mais il y régnait une atmosphère des plus chaleureuses. De toute évidence, les enfants y étaient heureux. A l'arrière du bâtiment d'habitation, se trouvaient les salles de classe dans lesquelles les filles apprenaient, séparées des garçons. Cependant, Frances put vérifier que les unes n'étaient pas moins bien équipées que les autres.

— Mon mari était un homme éclairé, il m'écoutait ! expliqua Elise avec un sourire malicieux. J'ai réussi à lui faire comprendre que, pour prendre sa place dans le monde moderne, Kamar aurait besoin de femmes tout aussi éduquées et compétentes que les hommes. J'espère qu'à son tour, mon fils — très attaché aux traditions — saura trouver la compagne capable lui faire comprendre la nécessité de cette évolution...

Ce n'est qu'à leur retour au palais que la princesse Elise demanda à Frances les raisons de sa présence à Kamar. Elle écouta avec la plus grande attention la réponse de la jeune femme et ne fit aucun commentaire. Seul le pli barrant son front laissa deviner son mécontentement. Elle déclara alors être fatiguée et vouloir prendre un peu de repos. Mais à peine Frances l'avait-elle quittée qu'elle se précipitait sur le téléphone, exigeant la venue immédiate de son fils. Ce dernier la trouva occupée à faire les cent pas dans son salon.

— Aurais-tu perdu la raison ? lança-t-elle dès qu'il se présenta devant elle. Cette jeune femme est une journaliste qui travaille pour un journal jouissant d'une réputation internationale et tu la retiens ici contre son gré ! Désires-tu provoquer un incident diplomatique ?

— Il n'est aucun incident que je ne puisse résoudre ! répondit Ali. Ils ont besoin de notre pétrole.

— Ces paroles sont indignes de toi ! s'insurgea-t-elle.

Il rougit.

— Je ne sais ce que vous a raconté cette jeune femme, mère, mais sachez qu'entre elle et moi, il y a quelque chose de... magique !

Sans qu'il s'en rende compte, ses yeux s'étaient mis à briller de mille étoiles, et la princesse se fit plus attentive encore.

— J'aimerais connaître ta version des faits.

Le visage d'Ali se crispa.

— Elle s'est jouée de moi ! Alors que je la croyais tombée sous mon charme, je découvris qu'elle était en fait une journaliste décidée à tout pour m'extorquer des informations pour un article ! Elle méritait une leçon !

— Alors, tu l'as enlevée, tout simplement !

— Pas du tout ! C'est elle qui s'est introduite chez moi sous une fausse identité. Il ne me restait plus qu'à lui accorder la fameuse interview dont elle rêvait pour l'amener jusqu'ici. Elle m'a suivi de son plein gré ! Tout est sa faute. Elle méritait une leçon !

— Peut-être, mais avoue que tu es tombé follement amoureux d'elle et que tu ne veux plus la laisser partir !

— Euh... c'est-à-dire... Jamais je n'ai rencontré une femme comme elle, mère ! C'est vrai, je l'avoue, je ne peux plus me passer d'elle !

— C'est bien ce que je pensais ! Seulement... il y a un problème. Je te crois effectivement capable d'éviter un incident diplomatique mais... que vas-tu faire de M. Howard Marks ?

Ali fronça les sourcils.

— Qui est cet homme dont je n'ai jamais entendu parler ?

— Le fiancé de Mlle Callam.

— Impossible ! Si elle avait un fiancé, jamais elle n'aurait...

La princesse leva à son tour ses sourcils.

— Oui...

— Rien !

— Très bien. Il se trouve que j'ai pris le temps de poser certaines questions à cette jeune femme, ce que de toute évidence tu n'as pas fait. M. Marks est un banquier. Lui et Mlle Callam se connaissent depuis longtemps et il est clair qu'il a l'intention de l'épouser. C'est un excellent parti.

— Pourquoi ne m'en a-t-elle pas parlé ?

— Sans doute parce que tu ne lui en as pas laissé le temps !

— Eh bien, je vais le lui donner ! dit-il, en se levant, le visage crispé par la rage.

Frances se tenait allongée sur le sofa, les mains derrière la tête, réfléchissant à ce qu'elle avait appris dans la journée. L'image du prince Ali Ben Saleem, riche playboy oisif, avait volé en éclats. En fait, Ali était un souverain responsable, soucieux du bien-être de ses sujets. Pouvoir penser à lui de cette façon la comblait d'aise, et elle espérait avoir très vite l'occasion de lui dire tout le bien qu'elle pensait de sa façon de conduire les affaires du pays. Mais sans doute allait-il consacrer beaucoup de son temps à la princesse, sa mère...

Elle en était là de ses pensées lorsque, soudain, elle reconnut le bruit de ses pas. Elle se redressa, le cœur battant. Quelques secondes plus tard, il se présentait devant elle.

— Pourquoi ne m'avez-vous pas dit...

Avec un bel ensemble, ils avaient prononcé la même phrase en même temps.

— Après vous, Majesté, dit alors Frances avec un sourire.

Mais Ali ne souriait pas.

— Je viens de m'entretenir avec ma mère, l'informa-t-il, ses yeux lançant des éclairs. Pourquoi ne m'avez-vous jamais parlé de ce Howard Marks ?

L'espace d'un instant, Frances le fixa sans comprendre, tant Howard lui était sorti de l'esprit.

— De qui ?

— De Howard Marks, l'homme qui — d'après ma mère — veut vous épouser. Comment avez-vous pu me cacher une chose aussi importante ?

Alors que la seconde précédente, elle n'était que tendresse, son attitude autoritaire et impérieuse la mit de nouveau hors d'elle.

— Enfin ! s'exclama-t-elle. Vous vous préoccupez de savoir si quelqu'un pourrait s'inquiéter de ma disparition !

Elle n'avait pas mentionné Howard pour la bonne raison que, dans les bras d'Ali, elle avait totalement oublié le reste du monde.

— Dois-je vous rappeler que vous me retenez prisonnière ? poursuivit-elle. Je ne me souviens pas vous avoir entendu me demander s'il y avait un homme dans ma vie.

— Y en a-t-il un ?

— Cela vous ferait-il agir différemment ?

Ils se défiaient, aussi furieux l'un que l'autre.

— Est-ce l'homme qui vous accompagnait au Golden Choice ?

— Non ! Lui s'appelait Joey. Jamais Howard ne m'accompagnerait sur une mission.

— En connaissait-il l'objectif : me séduire afin de m'arracher une interview...

— Il ne s'agissait nullement de vous séduire ! s'indigna-t-elle. C'est vous qui...

— Vous vous êtes pourtant montrée à certains moments fort convaincante !

Frances rougit jusqu'à la racine de ses cheveux.

— Quel genre d'homme est donc ce Howard pour vous permettre de prendre de tels risques ? poursuivit Ali, une moue de mépris sur les lèvres.

— Howard n'a pas à me permettre ou à m'interdire

quoi que ce soit. Je suis un être libre. Libre de prendre ses propres décisions. Je ne reçois d'ordres de personne.

Le visage d'Ali se crispa.

— Pensez-vous une seconde que je puisse vous permettre de rejoindre votre pays avec les secrets que vous avez découverts ?

— Quels secrets ?

La lueur au fond des yeux sombres lui révéla, mieux que des mots, de quels secrets il voulait parler. Les secrets d'alcôve... Ceux qui révèlent la personne intime et que nul ne désire voir livrer en pâture à la curiosité malsaine du grand public. Comment pouvait-il imaginer un seul instant qu'elle puisse faire une chose aussi sordide ? C'était bien mal la connaître ! Ces secrets lui appartenaient tout autant qu'à lui, après tout !

Mais, alors qu'elle se préparait à le rassurer sur ce point, il poursuivit :

— Ma mère affirme que je vous ai compromise, vous privant ainsi de faire un bon mariage. Bien ! J'ai donc un devoir envers vous. En tant qu'épouse du prince de Kamar, il n'est pas un désir que vous ne pourrez satisfaire.

— En tant qu'*épouse*..., répéta-t-elle, stupéfaite.

— Notre mariage aura lieu le plus rapidement possible.

— Mais... un mariage se décide à deux ! se révolta-t-elle, ivre de rage. Vous ne pouvez disposer de moi selon votre bon vouloir !

— Vous ne pouvez rejoindre ce Howard Marks ! Vous resterez ici et deviendrez ma femme. Et notre union sera une réussite. Je vais donner mes instructions pour que le mariage ait lieu dans trois jours.

— Non ! cria Frances. Ali, je vous en prie, soyez raisonnable ! Ce mariage ne peut avoir lieu ! Ni dans trois jours, ni jamais !

— Ma décision est prise. Il en sera fait selon mon bon vouloir.

Sur ses mots, il la quitta, la laissant anéantie.

*

Le mariage de celui qui présidait à la destinée de Kamar était une affaire compliquée. Officiellement, Kamar était un Etat laïc mais trois des plus importantes religions y cohabitaient et le chef de l'Etat ne pouvait en privilégier aucune.

Il y aurait donc quatre mariages. Le premier, civil, se déroulerait dans une des salles du palais. Puis le souverain et son épouse se présenteraient devant chaque congrégation religieuse afin d'y prononcer leurs vœux, une occasion pour leurs membres d'acclamer et d'ovationner les époux royaux.

Aussitôt après avoir donné les ordres nécessaires pour le mariage, Ali quitta Kamar pour le nord du pays où une affaire urgente l'appelait et Frances se retrouva accaparée par les préparatifs. Il lui incombait de veiller à la confection de la robe de mariée et de la nouvelle garde-robe royale. Elle s'acquitta de sa tâche sans aucun enthousiasme. Pourquoi se sentait-elle donc aussi malheureuse alors qu'elle allait épouser l'homme qu'elle aimait ?

Lorsque la princesse Elise lui demanda la permission de venir passer la soirée en sa compagnie, Frances accepta volontiers.

— J'ai une bonne nouvelle, lui confia alors Elise. Yasir ne vous importunera plus. Sa blessure était superficielle. Il devra quitter le pays avant le mariage et ne pourra y revenir avant cinq ans. Tels ont été les ordres d'Ali.

— C'est bien...

Son apathie alerta la princesse qui l'examina d'un œil critique.

— Que se passe-t-il, Frances ? La préparation de votre mariage ne semble guère vous enthousiasmer... On pourrait même croire que vous vous préparez pour un enterrement.

Frances laissa échapper un long soupir.

— Je n'ai jamais su cacher ce que j'éprouve.

— Pourquoi cette tristesse? Votre sort est des plus enviables. Mon fils se prépare à faire de vous la princesse d'un royaume riche et prospère. Vous n'aurez qu'à ordonner pour être servie.

— Est-ce la raison pour laquelle vous vous êtes mariée? demanda Frances en regardant son interlocutrice dans les yeux.

— Certainement pas! répondit spontanément Elise. J'ai épousé l'homme que j'aimais le plus au monde et qui m'aimait tout autant.

— Vous avez eu de la chance que ce soit aussi facile.

La princesse se mit à rire.

— *Facile!* Cela a été tout sauf facile, vous pouvez me croire! Nous avions d'interminables querelles, surtout la première année. Mais nous sommes parvenus à les surmonter. Nous ne pouvions nous passer l'un de l'autre. Nous étions comme les deux moitiés d'une même orange.

Un silence pesant s'ensuivit, bientôt rompu par la princesse.

— Vous aimez mon fils, n'est-ce pas?

— Comment en être certaine? répondit Frances, désespérée. Il me prive de mon libre arbitre et m'oblige à l'épouser.

— Je vois. Mon fils sait-il lui-même ce qu'il éprouve pour vous? Se conduire en tyran est le plus sûr moyen d'éviter d'avoir à se poser des questions. Nous ne devons pas laisser ce stupide mariage avoir lieu!

— Je... je croyais que vous approuviez son choix, balbutia Frances.

— Et vous aviez raison! Vous êtes sans conteste la femme qu'il lui faut. Vous l'avez déstabilisé et il en avait besoin. Il a toujours obtenu tout ce qu'il voulait et il était temps qu'il rencontre enfin quelqu'un qui ne se plie pas à sa volonté. Mon désir le plus cher est de vous voir épouser mon fils, ma chère Frances, mais pas de cette façon!

— Le lui avez-vous dit ?

— Bien entendu ! Mais j'aurais pu tout aussi bien m'adresser à un mur. Les hommes de la famille ont la réputation d'être particulièrement têtus. Mon fils ne déroge pas à la règle. Vos fils seront têtus, eux aussi.

— Mes... mes fils !

— Ceux que vous ne manquerez pas d'avoir avec Ali si nous agissons avec intelligence. L'aimez-vous suffisamment pour le quitter ?

Un étau de glace étreignit le cœur de Frances. Le *quitter*, peut-être pour toujours, ne plus chevaucher à son côté, ne plus jamais être dans ses bras ? Etait-elle vraiment capable de faire cela ?

— Oui, je l'aime suffisamment pour le quitter ! énonça-t-elle d'une voix ferme.

— Alors, du travail nous attend !

Il n'était pas dans la nature de la princesse Elise d'agir impulsivement. Aussi, lorsqu'elle annonça son départ immédiat, tout le monde fut pris de court, mais nul n'osa faire le moindre commentaire. Seul le secrétaire particulier d'Ali, totalement acquis à son maître, suggéra que ce dernier préférerait sans doute qu'elle ne quitte pas le palais avant son retour. La princesse le gratifia d'un tel regard impérieux qu'il comprit qu'il valait mieux ne pas contrarier son projet. Il lui rappela toutefois que le mariage avait lieu dans deux jours. Avec un large sourire, la princesse lui assura qu'elle serait de retour bien avant.

Un mécanisme bien huilé se mit alors en marche. La limousine personnelle de la princesse Elise vint se ranger devant les marches du palais. Quelques instants plus tard, la princesse — accompagnée d'une servante voilée — s'installait à l'arrière. La voiture fonça alors à grande vitesse vers l'aéroport où les attendait l'avion royal qui s'envola aussitôt pour Londres.

Une autre limousine les y attendait afin de les conduire jusqu'à la somptueuse résidence d'Ali. Après une pause des plus brèves, elle repartait vers l'appartement de Frances où elle déposa *sa servante* débarrassée de ses vêtements orientaux. Les opérations n'avait pas duré plus de huit heures.

11.

A peine rentrée au palais, Ali se dirigea immédiatement vers les appartements de sa mère, le bruit de ses
bottes sur le carrelage provoquant, sur son passage, une
sorte de minitremblement de terre.

Mais il en fallait beaucoup plus pour impressionner la
princesse Elise qui se tenait tranquillement assise à son
bureau, attendant l'arrivée de son fils. Lorsqu'il entra,
faisant claquer la porte, elle leva les yeux, puis retourna à
sa tâche, sans prononcer un mot.

Ali se mit à faire les cent pas dans la pièce. Après
l'avoir arpentée à plusieurs reprises de long en large, il
lança :

— Mon grand-père vous aurait fait dévorer par les
alligators pour vous punir de ce que vous avez fait !

— Ton grand-père était un homme qui agissait sans
réfléchir et je crains que tu n'aies hérité de son tempéra-
ment, répondit calmement Elise. Oui, j'ai aidé mademoiselle Callam à regagner son pays. Croyais-tu que
j'allais te laisser te conduire comme un imbécile sans réagir ?

— Elle est l'épouse que j'ai choisie !

— Certes ! Mais l'as-tu laissée te choisir ? La forcer à
t'épouser ne t'aurait pas permis de savoir ce qu'elle
éprouve vraiment pour toi.

— Je connais ses sentiments ! Il y a entre nous une

sorte de magie quand nous... je ne puis vous en dire plus, mais...

Sous le regard perçant de sa mère, le prince rougit et détourna les yeux.

— Croyez-moi, mère, dit-il, je sais parfaitement ce qu'elle ressent, ce que *nous* ressentons.

— Non, mon fils. Tu sais seulement ce que vous ressentez sous l'emprise de la passion. Que restera-t-il lorsque celle-ci s'éteindra ?

— Cela n'arrivera jamais !

— Pour toi, peut-être. Mais une femme réagit différemment. La passion n'est rien sans amour. Comment peut-elle savoir que tu l'aimes alors que tu te conduis avec elle en tyran ?

— Tout ce que je possède lui appartient. Que veut-elle de plus ?

— La liberté. La liberté de te choisir ou de te rejeter.

Il pâlit.

— *Me rejeter* !

— C'est une possibilité, en effet. L'amour ne s'impose pas, il se gagne. Tu dois lui permettre de te choisir.

— Et si elle ne le fait pas ?

— Alors, tu devras respecter son choix. Son bonheur doit passer avant le tien. Tu n'as jamais eu à demander pour obtenir. Tu ne sais que prendre. Il est temps que tu apprennes !

— Et si je ne puis m'y résoudre ?

— Alors, jamais elle ne sera à toi.

La princesse Elise sentit son cœur de mère se serrer. Comme il était dur d'infliger à la chair de sa chair cette dure leçon ! Mais seul l'espoir que cela lui apporterait le bonheur la guidait dans cette démarche.

Quand, enfin, il parla, sa voix tremblait.

— Je ne puis croire qu'elle soit partie sans me laisser un mot...

— As-tu bien cherché?

Il la dévisagea fixement, puis se précipita hors de la pièce. A la vue de l'expression de son visage, les domestiques de Frances, toujours en place, s'envolèrent telle une volée de moineaux. Ali parcourut les pièces d'un pas rageur. Quelque part, certainement, se trouvait le mot qu'elle lui avait laissé.

Il le trouva, enfin, sous une boîte incrustée de pierres précieuses. Il eut du mal à déplier la feuille de papier tant ses mains tremblaient. Ses yeux parcoururent avidement la missive.

« Mon amour,

» Tu vas sans doute ressentir mon départ comme une trahison mais, hélas, tu ne m'as pas laissé le choix! Aucune femme, aujourd'hui, ne peut être contrainte au mariage, en tout cas pas moi. Jamais nous n'aurions connu la paix. Peut-être même aurions-nous fini par nous détester...

» J'avais souvent rêvé qu'un tapis volant m'emporterait au pays des *Mille et Une Nuits* et c'est exactement ce qui s'est produit. Un prince charmant m'est apparu et m'a enlevée. Il était beau, riche, puissant, et il m'a fait découvrir des choses merveilleuses que je n'oublierai jamais.

» Ce fut un beau rêve, le plus beau que j'aie jamais fait, mais hélas, ce n'était qu'un rêve et le tapis volant m'a ramenée à la réalité!

» Adieu, mon amour. Je ne sais où se fera notre nouvelle rencontre. Au jardin d'Eden, peut-être... à moins que, lui non plus n'existe pas.

» Je me suis demandé de quel nom j'allais signer cette lettre. Tu m'en as donné de si nombreux! C'était amusant de faire semblant d'être tous ces personnages. Mais ils n'étaient qu'illusions et je ne puis vivre d'illusions. Si tu ne peux aimer la femme que je suis vraiment, alors oublions que nous nous sommes rencontrés.

» Ou plutôt, non, n'oublions pas, jamais! Mais rangeons le beau rêve dans le tiroir aux souvenirs comme une chose trop belle pour être vraie. Je vais signer cette lettre du seul nom que tu ne m'aies jamais donné mais qui est le seul véritable. J'espère que tu me pardonneras. Frances. »

Lorsqu'il eut terminé sa lecture, Ali prit conscience du calme qui régnait dans l'appartement. Là où retentissait autrefois le rire de sa bien-aimée régnait aujourd'hui le silence. Sa façon de le défier l'avait rendu fou de rage mais il aurait donné des années de sa vie pour qu'elle soit de nouveau devant lui, prête à l'affronter. Soudain, il prit conscience qu'un autre son manquait également : le roucoulement des tourterelles, les deux fidèles volatiles qui ne la quittaient jamais. Il comprit alors qu'elle était vraiment partie.

Comme son cœur lui faisait mal ! songeait Frances. La pensée d'Ali ne la quittait pas une seconde, la nuit, le jour, jusqu'à devenir une obsession. Elle en venait à oublier que le reste du monde existait autour d'elle.

Et, pourtant, elle l'avait quitté, certaine que c'était la seule chose à faire. Il lui fallait désormais lutter contre la tentation de reprendre le premier avion pour Kamar afin de se jeter dans ses bras.

Les premiers jours, à chaque appel téléphonique, elle se précipitait vers l'appareil, persuadée que ce serait Ali. Elle aurait accepté sa colère légitime tout en espérant qu'il la comprenne enfin. Mais il n'y eut ni appel téléphonique, ni télégramme, ni lettre, et personne n'avait sonné à sa porte. Comme l'angoisse étreignait son cœur, les pensées les plus noires vinrent tarauder son esprit enfiévré : il avait décidé de l'épouser par devoir, parce qu'il l'avait compromise. Son départ l'avait dégagé de cette responsabilité. La belle histoire était terminée !

C'est Barney, le rédacteur en chef de la *Financial Review*, un être bienveillant et chaleureux, qui l'avait accueillie à bras ouverts.

— L'enfant prodige est de retour ! s'était-il exclamé lorsqu'elle s'était présentée à son bureau. Enfin ! Une folle rumeur circulait que tu t'apprêtais à épouser le cheikh Ali Ben Saleem.

— Ridicule ! Tu devrais cesser de prêter attention aux ragots, Barney ! Mais il est vrai que je reviens de Kamar.

— Super ! Alors, que fait le séduisant cheikh de tout son argent ?

— Il le dépense pour le bien de son peuple.

Barney la fixa, les yeux ronds.

— Tu plaisantes ! L'histoire est plus croustillante que ça !

— Non, c'est la stricte vérité. Il ne tient pas à ce qu'on en fasse les gros titres des journaux parce qu'il estime que sa façon de gouverner ne regarde personne d'autre que lui.

Les sourcils froncés, le rédacteur en chef insista :

— Tu n'as rien trouvé qui mérite un article dans le journal, tu en es certaine ?

— En tout cas, rien que je puisse écrire. Je suis désolée.

— Alors, je vais désigner quelqu'un d'autre.

— Je lui souhaite bien du plaisir !

Un peu plus tard, Howard l'appela. Après l'épopée de ces derniers jours, sa voix calme, un rien solennelle, la rassura, et elle accepta son invitation à dîner.

Fort heureusement, Howard était un être peu imaginatif, et accepta son histoire sans poser la moindre question : elle s'était rendue à Kamar pour son travail, tout simplement.

— Tu aurais tout de même pu me donner de tes nouvelles ! remarqua-t-il toutefois après avoir passé commande des meilleurs plats figurant à la carte.

Howard prenait un plaisir certain à dîner dans les restaurants les plus chic de la capitale, convaincu que son image l'exigeait.

— J'aurais dû t'appeler, c'est vrai, reconnut Frances, mais tant de choses étaient en jeu que...

— Tout cela n'a aucune importance! J'ai été, moi-même, très occupé. De grands changements se préparent à la banque. Un des chefs de service va prendre sa retraite et... il se pourrait que je sois choisi pour le remplacer. Mais... je suis en compétition avec un autre candidat!

— L'autre n'a aucune chance, j'en suis certaine.

Il lui sourit.

— Tu m'a manqué, ma chérie! Sortir avec toi est un vrai plaisir. Tu es très belle et je suis fier d'être vu en ta compagnie.

« Vos cheveux sont comme une rivière d'or fondu... Vos yeux m'ensorcellent... »

Frances ferma les yeux. Les mots d'Ali glorifiant sa beauté résonnaient encore à ses oreilles. Quand ses souvenirs cesseraient-ils de la tourmenter?

— J'espère que ton long séjour là-bas en a valu la peine! dit Howard en remplissant son verre de vin.

— La peine? répéta-t-elle, les sourcils froncés.

— Tu as dû recueillir des informations intéressantes.

— Euh... c'est-à-dire...

— Toutes les informations concernant Kamar m'intéressent. Ce cheikh Ali Ben Saleem est un gros poisson que j'aimerais bien ferrer. Nul doute que cela me propulserait au sommet!

Frances frémit de dégoût mais répéta à Howard les informations déjà transmises à son rédacteur en chef : le souverain avait à cœur le bien-être de ses sujets et dépensait beaucoup d'argent pour les satisfaire. Howard écouta attentivement, les yeux brillants, prenant mentalement des notes.

A la fin du repas, Howard la reconduisit jusque devant sa porte, lui donna un baiser sur la joue et elle s'enfuit avant qu'il ne lui en demande davantage...

Elle était de retour depuis une semaine lorsque, un matin, Barney lui téléphona, tout excité.

— Je viens de recevoir un appel du secrétaire particulier du prince Ali Ben Saleem. Il accepte de confier cette fameuse interview à notre journal.

— Je suis heureuse pour toi, Barney.

— C'est toi, chérie, qui vas mener l'interview...

— Impossible, Barney. Je te l'ai déjà dit, je ne peux pas.

— Tu n'as pas le choix ! Le prince a posé une condition. Ce sera toi et personne d'autre.

Frances faillit s'étrangler de rage. Ainsi Ali n'avait rien compris, rien appris !

— Je n'ai pas à exécuter ses ordres ! Je ne ferai pas cette interview !

— Refuser de traiter un tel scoop n'est pas digne d'une journaliste, Frances !

La voix chaleureuse de Barney était devenue aussi glaciale qu'un iceberg. Frances comprit que son avenir au journal était en jeu.

— Très bien, dit-elle, subitement calmée. Tu peux compter sur moi.

Dans les heures qui suivirent son accord, on apporta chez Frances un dossier complet comprenant toutes les fiches d'information nécessaires à la préparation de l'interview. On lui accordait vingt-quatre heures pour l'étudier, après quoi le secrétaire particulier de Sa Majesté la recevrait pour répondre à ses questions.

Frances subodora qu'il s'agissait sans doute là du cadeau d'adieu d'Ali. Ensuite, elle n'entendrait plus parler de lui. N'était-ce pas ce qu'elle avait voulu ? Cepen-

135

dant, elle avait beaucoup de mal à se persuader que tout était pour le mieux.

Alors qu'elle étudiait le dossier préparé, elle éprouva la curieuse impression que quelqu'un la guidait dans ce qui ressemblait à la caverne d'Ali Baba. Toutes les portes s'ouvraient devant elle comme par magie, et ce qu'elle avait vu de ses propres yeux à Kamar lui offrait la matière d'un fabuleux article.

Elle rédigea une liste de questions et, le jour prévu, se présenta pour l'interview. Avant même qu'elle ne sonne, la lourde porte s'ouvrit, livrant passage au secrétaire particulier d'Ali qui s'inclina devant elle.

— Son Altesse regrette de ne pouvoir être présent, dit-il, mais il m'a donné ses instructions pour que vous puissiez avoir toutes les informations que vous désirez.

En effet, tout se déroula le plus facilement du monde. Le secrétaire répondit à sa longue liste de questions et la laissa même étudier les bilans sur l'ordinateur. Lorsqu'elle affirma être entièrement satisfaite, il s'inclina de nouveau.

— Je vais donner des ordres pour que l'on vous serve un thé.

Il s'éclipsa discrètement tandis qu'elle étudiait le dernier bilan sur l'écran.

— J'espère que vous avez obtenu tout ce que vous désiriez, énonça soudain une voix derrière elle.

Elle se retourna. Entré discrètement dans la pièce, Ali se tenait debout derrière elle et l'observait, les bras croisés. Aux battements désordonnés de son cœur, Frances comprit qu'elle avait toujours espéré secrètement cette rencontre.

— Vo... votre secrétaire m'a annoncé que vous ne pourriez être présent, balbutia-t-elle.

— C'est, en effet, les instructions qu'il a reçues. Je craignais que ma présence ne vous fasse fuir.

— Toujours aussi manipulateur !

Il eut un sourire triste et amer.

— On ne se débarrasse pas facilement de ses habitudes.

— J'ai essayé de vous expliquer, dans ma lettre...

— Oh, oui... votre lettre... Je préférerais ne pas en parler !

— Vous n'avez donc pas changé ! Vous ordonnez et je dois obéir !

— Pourquoi réagissez-vous ainsi ? En vous enfuyant à quelques heures du mariage, vous m'avez ridiculisé aux yeux de mon peuple. En récompense, je vous offre la matière de cet article tant désiré et...

— Vous ne savez qu'imposer, commander ! A mon rédacteur en chef, vous avez ordonné que ce soit moi et personne d'autre !

— Mais cet article vous importait, non ! Vous avez déployé de tels trésors de ruse pour l'obtenir ! Puis, après ce qui s'est passé entre nous, vous vous enfuyez, me laissant pour toute explication une lettre, comme si cela pouvait suffire ! Aujourd'hui, je vous offre l'occasion de vous expliquer autrement que sur du papier !

— M'expliquer ! Combien de fois encore devrai-je le faire ? Comment échapper à un kidnapping sinon par la fuite ?

— Je vous ai offert un mariage honorable.

— Vous ne m'avez rien offert du tout ! Vous me l'avez imposé ! J'ai refusé, mais vous n'avez pas voulu m'écouter.

— Comment aurais-je pu accepter l'idée que vous puissiez me préférer cet Anglais froid comme un glaçon ?

— Howard a la retenue d'un parfait gentleman. Il me respecte.

— Il vous respecte ! répéta Ali, un rictus de mépris déformant ses lèvres. Cette forme de respect n'est qu'hypocrisie. Il vous respecte tant qu'il a mis des jours avant de s'apercevoir que vous aviez disparu.

— Howard n'exige pas que je lui rende des comptes sur mon emploi du temps. Il ne me traite pas comme un objet qui lui appartient.

— Un objet ! Vous n'avez donc rien compris, vous les Occidentaux ! Je viens d'une région du monde où, lorsqu'un homme aime une femme, elle est tout pour lui. Elle est le centre du monde, la prunelle de ses yeux, sa raison de vivre. Chez nous, lorsqu'un homme aime une femme, il veut tout d'elle. Son cœur, son corps, son âme. Il veut que son cœur ne batte que pour lui, que ses pensées n'aillent que vers lui, que son corps ne vibre que pour lui. Si elle trahit sa confiance, si elle n'est plus là lorsqu'il la cherche, il devient fou...

Les yeux sombres brûlaient d'un feu intérieur.

— ... Mais pour vous ces mots ne signifient rien, n'est-ce pas ? Votre plus grand plaisir consiste à faire perdre la raison à un homme, puis à l'abandonner lâchement en le ridiculisant.

— Je n'ai jamais...

— Vous aimez exercer votre pouvoir, n'est-ce pas ? Faire souffrir vous importe peu.

— Si c'est l'opinion que vous avez de moi, lança-t-elle, désespérée, alors jamais nous ne pourrons nous comprendre.

Soudain, il s'approcha et voulut la prendre dans ses bras.

— Revenez vers moi et je ferai de vous la femme la plus enviée de Kamar. Nous pouvons oublier tout cela et retrouver la magie qui nous unit. Revenez, je vous en supplie, Diamond...

— Ne m'appelez pas ainsi ! Diamond n'a jamais vraiment existé. Cette femme-là n'a rien à voir avec moi. Mon nom est Frances et je me fiche comme d'une guigne d'être couverte de bijoux. Vous, vous voulez Diamond, mais vous n'êtes pas intéressé par Frances. Comprenez que, dans ses conditions, nous ne pouvons avoir aucun avenir en commun. Nous nous rendrions bien trop malheureux !

Il tituba comme un boxeur qui vient de recevoir un uppercut. Il la repoussa et recula d'un pas.

— Vous voulez dire que je vous rendrais malheureuse ! dit-il, visiblement sous le choc.

— Oui, reconnut-elle tristement. Je ne puis envisager une telle vie à vos côtés. Vous, évidemment, vous pourriez toujours vous consoler dans les bras de vos nombreuses concubines !

— Vous croyez tout savoir mais vous ne savez rien ! Jamais il n'y aurait eu d'autre femme que vous dans ma vie. Aucune concubine, aucune favorite. C'est ainsi que mon père a traité ma mère. C'est ainsi que je vous aurais traitée. Souvenez-vous du jour où je vous ai trouvée, penchée sur mon cousin, un poignard sanglant à la main. J'ai fait arrêter Yasir sur-le-champ car je savais, quelles que soient les apparences, que vous étiez innocente. J'ai une totale confiance en vous. Pour moi, vous et moi ne faisons qu'un. Si vous n'avez pas compris cela, alors, c'est certain, nous n'avons aucun avenir possible en commun. Allez rejoindre votre banquier. Vous avez la même conception du monde que lui. Ma mère avait raison. Il est vraiment un bon parti pour vous...

Elle se raidit.

— Howard est effectivement un excellent banquier, promu à un brillant avenir au sein de Henderson et Carver, l'une des meilleures banques de Londres. Il ne lui manque plus qu'un contrat important pour accéder au poste le plus élevé.

Il était étrange de s'entendre parler d'une façon aussi froide et détachée alors que son cœur était au supplice. Un gouffre s'ouvrait à leurs pieds, qui les séparerait à jamais.

— Mes félicitations, dit Ali, vous avez vraiment fait le bon choix !

— Epargnez-moi vos sarcasmes, je vous en prie. Je sais qu'il n'a pas le centième de votre pouvoir.

— Mais il est tout mon contraire et c'est pourquoi vous l'avez choisi, n'est-ce pas?

— Que j'épouse Howard est une hypothèse, pas une certitude.

— Ne me dites pas qu'il hésite! s'écria-t-il, furieux. Cet homme a l'esprit dérangé!

— Non. Il est tout simplement prudent.

— Prudent! Un homme pourvu ne serait-ce que d'une once d'intelligence saisirait la chance qui lui est offerte sans...

— Saisir! Vous n'avez que ce mot à la bouche!

Soudain, elle prit conscience du risque qu'elle avait pris en se rendant seule dans la demeure princière. Sur son territoire, Ali était le maître. Lorsque ses yeux croisèrent les siens, elle vit se confirmer ses pires craintes.

Attrapant son sac, elle se précipita vers la porte, l'ouvrit et traversa le hall en courant.

Le gardien, le même que le premier soir, avait appris sa leçon. Il se dressa devant elle, les bras croisés, lui interdisant l'accès à la porte.

Frances se retourna vers Ali, le regard accusateur.

— Laisse-la passer! ordonna-t-il.

Le portier le fixa sans comprendre.

— *Laisse-la passer!* répéta Ali.

Le porte s'ouvrit et, la seconde suivante, Frances était dans la rue, libre!

12.

La sonnerie du téléphone retentit sur le bureau de Howard Marks.

— Un visiteur pour vous, monsieur Marks, annonça la voix de sa secrétaire.

— Je vous prie de bien vouloir m'excuser de me présenter à vous d'une façon aussi impromptue, monsieur, lança alors un homme apparaissant sur le seuil de la porte, mais l'affaire que je viens vous proposer est urgente.

— Votre Altesse ! s'exclama Howard en se levant aussitôt de son siège. C'est un grand honneur pour moi de vous recevoir.

Tandis qu'il s'approchait du bureau de Howard et ouvrait son attaché-case, Ali poursuivit :

— Des événements récents m'obligent à changer les dispositions que j'avais prises quant à la gestion de mon portefeuille londonien, dit-il. Des hommes en qui j'avais toute confiance l'ont trahie. Cette découverte, je la dois à Mlle Frances Callam dont la visite dans mon pays s'est révélée extrêmement bénéfique.

— J'ai en effet appris qu'elle s'était rendue à Kamar.

Comme Howard restait silencieux, Ali reprit :

— Transgressant mes règles de secret absolu, je lui ai permis d'accéder à de nombreuses informations. Je n'ai pas eu à le regretter. J'ai désormais une entière confiance dans son jugement.

— J'ai toujours eu, moi-même, une grande admiration pour l'intelligence de Mlle Callam, déclara Howard.

— C'est donc sur ses recommandations que je me permets aujourd'hui de frapper à votre porte pour vous confier la gestion d'une partie des richesses de Kamar. Mlle Callam m'a appris que vous étiez sur le point d'obtenir une promotion.

— Votre proposition va certainement m'aider considérablement, dit Howard en regardant avec une convoitise non dissimulée les papiers que le prince disposait devant lui.

— Je l'espère, dit Ali. Votre mariage est imminent, n'est-ce pas ?

— C'est ce qu'elle vous a dit ? demanda Howard, étonné.

— Elle m'a parlé de vous avec une admiration évidente.

— Ah oui ! Il n'est pas toujours facile de comprendre ce qu'éprouve Mlle Callam. Elle est très secrète.

— Ce n'est pas l'impression qu'elle m'a donnée. Mais je ne suis pas ici pour parler de cela ! Sachez que je serais infiniment heureux que ma visite et mon offre puissent contribuer à votre promotion, monsieur Marks. Ce sera, en quelque sorte, mon cadeau de mariage. Je rentre à Kamar, mais nous resterons en contact...

Puis, prenant rapidement congé, il quitta la pièce.

L'appartement de Frances paraissait étrangement petit comparé aux fastes de celui qu'elle occupait à Kamar, mais elle s'y sentait bien. Situé au rez-de-chaussée, ses portes-fenêtres donnant sur un jardin, il lui permettait, les soirs d'été, de s'asseoir sur la pelouse, d'écouter de la musique et de rêver.

C'est là que le coup de téléphone de Howard la surprit.

Ce dernier lui raconta la visite qu'il avait eue et elle sentit son cœur s'emballer dans sa poitrine.

— Il... il est venu te voir ? demanda-t-elle, au comble de la stupéfaction.

— Et je voudrais que tu voies ce qu'il m'a confié ! déclara Howard, surexcité. Toutes les banques de Londres rêvent de gérer le portefeuille du souverain de Kamar et voilà qu'il me l'apporte sur un plateau ! Nul doute que cela m'aidera à obtenir ma promotion.

Howard l'entretint avec enthousiasme des perspectives que lui ouvrait la visite inattendue du prince Ali Ben Saleem. Frances l'écouta en silence, tentant vainement de comprendre ce qui se tramait derrière ce nouvel événement.

— Tu sembles lui avoir fait une très grande impression, déclara Howard avec emphase. Je ne suis pas certain d'avoir tout compris mais je te dois sa visite. Il m'a d'ailleurs laissé entendre qu'il me confiait la gestion de son portefeuille comme... comme cadeau de mariage, en quelque sorte.

— Comme cadeau de mariage !

— Oui. Il nous a souhaité tout le bonheur possible. Il semblait craindre que ta réputation n'ait été compromise et il tenait à s'assurer qu'il n'en était rien. C'est bien de sa part, non ?

— Très bien, en effet !

— Il ne nous reste donc plus qu'à fixer la date. Dînons ensemble demain soir !

Frances donna son accord et raccrocha.

Dans l'avion qui le ramenait à Kamar, le prince s'assit à l'écart, perdu dans ses pensées, et ne dit pas un mot de tout le voyage.

— Tu as fait ce qu'il fallait, mon fils, déclara la princesse Elise à qui il raconta ses démarches une fois rentré au palais.

— Sera-t-elle heureuse? demanda-t-il.

— Qui peut le dire? L'était-elle avec toi?

— Je le pensais... parfois. Mais je me berçais d'illusions. Je ne voyais que ce que je voulais voir. Parce que je la voulais, je pensais qu'elle me voulait, elle aussi. J'ai enfin compris que ce n'était pas aussi simple.

Il parlait avec une sorte de détachement qui aurait pu abuser n'importe quel interlocuteur, mais pas sa propre mère. Elle devina la souffrance dans ses yeux, le désespoir derrière les mots, et sut que son fils était terriblement malheureux.

— Je me sens fatiguée, dit-elle.

Il fut instantanément à son côté.

— Avez-vous consulté un médecin?

Elle éclata de rire.

— J'ai dit *fatiguée*, pas *malade*.

— Prenez soin de vous, mère. Vous êtes désormais tout ce qui me reste.

— Et il est temps que cela change! Tu n'as que trop attendu pour avoir un héritier et nous devons préparer ton mariage.

Il sursauta.

— Comment pouvez-vous...?

— Je parle de mariage, pas d'amour. Tes peines de cœur ne concernent que toi. Ton mariage concerne l'avenir du pays.

Il baissa la tête, accablé.

— Vous avez raison! Choisissez-moi une épouse et présentez-la-moi le jour du mariage. Puisque je ne peux choisir celle que j'aime, peu m'importe qui elle est!

Il vint près d'elle et posa un genou à terre.

— Plaignez celle qui deviendra ma femme, mère. Elle fera une très mauvaise affaire en s'unissant à un homme qui a perdu son cœur.

— Le temps apporte l'oubli...

— Jamais! Jamais le temps ne me guérira de cet

144

amour. Frances était la femme de ma vie. Nulle autre ne pourra jamais la remplacer. J'essayerai cependant d'accomplir le devoir qui incombe à ma charge.

— Accomplis un autre devoir vis-à-vis de ta mère, veux-tu? Emmène-moi à Wadi Sita. Cela fait très longtemps que je ne m'y suis pas rendue et j'aimerais y retrouver les souvenirs des jours heureux, lorsque tu n'étais encore qu'un enfant et que nous allions là-bas avec ton père.

— Moi aussi, j'ai gardé le souvenir de ces jours heureux. La vie était si simple, alors. Quand veux-tu que nous partions?

— Demain.

Le lendemain, à bord de l'hélicoptère, ils s'envolèrent pour Wadi Sita, atterrissant alors que le soleil se couchait à l'horizon. La princesse Elise se retira dans sa tente, et veilla personnellement à ce que la nourriture préférée de son fils lui soit servie le soir même. Mais, au dîner, Ali toucha à peine aux différents plats.

Quand, à la fin du repas, un jeune homme apparut et commença à chanter le poème intitulé *Mon cœur chevauche le vent*, Ali baissa la tête afin de cacher sa douleur. Il s'était sacrifié mais n'avait pas encore appris à maîtriser la souffrance qui lui rongeait le cœur. Y parviendrait-il un jour? Il en doutait, car il avait perdu à jamais la seule femme capable de donner un sens à sa vie.

Comme la chanson s'achevait, il se leva.

— Excusez-moi, dit-il à sa mère.

Et il se retira afin que personne ne puisse voir les larmes qui lui brûlaient les paupières.

Ses pas le conduisirent presque automatiquement vers l'endroit où Frances s'était arrêtée afin d'admirer le désert. Comme pour accentuer encore sa peine, la pleine lune illuminait le paysage, comme elle l'avait fait ce soir-là. Mais, aujourd'hui, il était seul et il avait mal.

Après quelques minutes, la princesse Elise le rejoignit.

— Je suis désolé, mère, dit-il, c'était une erreur de venir ici, où elle est venue avec moi.

— L'erreur était peut-être de la laisser partir aussi facilement, suggéra Elise. Pourquoi ne retournes-tu pas en Angleterre pour aller la chercher ?

— Non, je ne puis faire cela.

— Et pourquoi ?

— Jamais plus je ne la forcerai à faire ce qu'elle ne veut pas faire. Elle doit venir à moi de son plein gré ou pas du tout. Hélas, elle a choisi la deuxième solution !

Il ne vit pas le sourire de satisfaction fleurir sur les lèvres de sa mère.

— Que vas-tu faire alors ? lui demanda-t-elle.

— Continuer à vivre en essayant d'appliquer les principes qu'elle m'a enseignés. Elle ne sera pas venue jusqu'ici pour rien. Elle m'a enseigné des choses qui désormais font partie de moi.

— Voilà qui est bien parlé, mon fils. C'est ainsi que les choses doivent être. Il est temps, maintenant, de nous retirer sous nos tentes pour la nuit. Dans la tienne, tu trouveras un cadeau.

— Un cadeau !

Il lui sourit.

— Vos cadeaux ont toujours été les plus beaux et les mieux choisis. De quoi s'agit-il ?

— D'une surprise. D'un cadeau très spécial...

Intrigué, Ali se dirigea vers sa tente dans laquelle il pénétra sans tarder. Bien trop préoccupé, il ne remarqua pas les deux tourterelles venues se poser juste au-dessus de l'entrée de la tente.

A l'intérieur, il faisait sombre. Une seule lampe à huile éclairait l'endroit. Il ne sut tout d'abord où regarder. Puis il aperçut l'élégante silhouette d'une femme et son cœur se serra. Comment sa mère avait-elle pu lui faire ça ? Le pensait-elle donc si inconstant pour croire qu'il pouvait oublier la femme de sa vie dans les bras d'une étrangère ?

146

A son entrée, la jeune femme se retourna et inclina gracieusement la tête. Elle était voilée, et Ali s'arrêta à quelques pas d'elle.

— Mon Seigneur, murmura la femme d'une voix à peine audible.

Il était trop perturbé pour s'étonner qu'elle parlât anglais, et répondit dans la même langue.

— Est-ce ma mère qui vous envoie ?

— Oui, Maître.

— C'est très gentil à elle, articula-t-il avec difficulté mais... mais elle n'a pas compris. Ce n'est pas ce que je veux...

Il s'arrêta, puis poursuivit :

— Je veux dire... vous êtes élégante, et vous devez être très belle. Vous rendrez certainement un homme heureux, mais cela ne peut être moi.

La jeune femme se prit le visage dans les mains.

— Ne soyez pas triste, je vous en supplie ! Je ne puis accepter le cadeau de ma mère parce que ce serait trahir la femme que j'aime. Même le jour de mon mariage, je lui resterai fidèle dans mon cœur. Toujours elle l'ignorera, et cela n'aura aucune importance pour elle, mais, moi, je lui resterai fidèle toute ma vie.

Quand la jeune femme ôta ses mains de son visage, il vit qu'elle tremblait. Soudain, elle se voûta, comme si elle était en proie à une vive émotion.

— Je me demande pourquoi je vous raconte tout cela, poursuivit Ali. Sans doute parce que j'ai besoin d'ouvrir mon cœur. Oui, je l'aimais comme on n'aime qu'une fois dans sa vie et je n'ai pas su la garder. Lorsqu'elle était à mes côtés, j'ai refusé de la comprendre. Maintenant, il est trop tard. Je l'ai perdue. Elle m'a quitté et jamais plus...

Sa voix sembla se casser.

— ... jamais plus je ne la reverrai. Mais elle continuera à habiter mon cœur et mes pensées jusqu'à mon dernier souffle. Elle est avec moi, à chaque instant, présente dans chaque murmure de la brise. La nuit, elle dort dans mes bras et le matin, ses baisers me réveillent.

Dans la faible lueur de la lampe, à travers l'épaisseur des voiles, Ali vit une larme briller sur la joue de la jeune femme.

— Pourquoi pleurez-vous? Pas pour elle. Elle est enfin délivrée d'un homme qu'elle ne pouvait aimer. Pas pour moi, car j'aurai toujours le bonheur infini de l'aimer.

— Toujours?

— Oui, toujours! Jusqu'à ce que je repose dans ma tombe et qu'elle repose dans la sienne, que le vent pousse le sable vers l'infini et qu'il ne reste plus rien de nos vies. Peut-être existe-t-il quelque part un jardin où nous nous retrouverons enfin.

La jeune femme releva enfin la tête.

— Je ne suis pas venue pour prendre mais pour offrir, déclara-t-elle, faisant soudain tomber son voile.

Ali sembla brusquement transformé en statue, puis il poussa un cri qui déchira la nuit.

— Frances!

La seconde suivante, elle était dans ses bras, et il l'embrassait avec passion.

— Frances! répéta-t-il. Tu étais là! Tu es revenue librement vers moi. Mais comment...

Cette fois, ce fut le tour de Frances de lui fermer la bouche d'un baiser qui, mieux que des mots, disait le plaisir qu'elle éprouvait de le retrouver.

— Comment aurais-je pu ne pas revenir vers toi? dit-elle enfin. Tu m'as libérée afin que je puisse épouser Howard car tu pensais que c'était ce que je voulais. J'ai compris alors que tu m'aimais vraiment.

— Je t'ai toujours aimée, avoua-t-il humblement, mais je n'avais pas appris à demander. Je ne savais que prendre. Sans ta persévérance, j'aurais continué à vivre en ignorant qu'on ne possède pas quelqu'un contre son

148

gré. Je ne te remercierai jamais assez de m'avoir ouvert les yeux. Mais tu es revenue vers moi et c'est le plus beau jour de ma vie. Cela signifie-t-il que tu veux bien m'épouser et partager chaque jour de cette vie qui, sans toi, ne vaut pas la peine d'être vécue?

— Ta mère est déjà en train de préparer notre mariage.

— Ma mère!

— Je lui ai téléphoné après ta visite en Angleterre. Elle m'a conseillé de sauter dans le premier avion et a tout organisé.

— Tu... tu m'aimes donc vraiment? murmura-t-il, ébloui. Même après tout ce que je t'ai fait?

— Oui, de tout mon cœur et de toute mon âme, mais ce n'est que maintenant que je puis en être certaine, car je reviens vers toi en toute liberté. Il me reste toutefois une question à te poser. Tu m'as dit que tu aimais une femme, mais tu ne l'as pas nommée. Comment s'appelle-t-elle donc?

— Frances. C'est Frances que j'aime. Quant aux autres...

Il eut un sourire contrit.

— ... peut-être reviendront-elles de temps à autre, car tu m'étonnes sans cesse. Mais c'est vraiment Frances que j'aime et que j'aimerai jusqu'à la fin de mes jours. Sois toi-même, mon amour, c'est ainsi que je te préfère...

Son visage se crispa, comme s'il lui était difficile d'exprimer ce qui allait suivre.

— Je sais qu'il t'arrivera encore de vouloir retourner dans ton pays mais que, toujours, tu reviendras vers moi.

— Toujours, oui, mon amour. Car là où tu es, se trouve le paradis terrestre et nulle part ailleurs...

Le nouveau visage
de la collection Or

◆

AMOURS D'AUJOURD'HUI

Afin de mieux exprimer sa modernité et de vous séduire encore davantage, votre collection Or a changé de couverture et de nom depuis le 1er mars 1995.

Rassurez-vous, les romans, eux, ne changent pas, et vous pourrez retrouver dans la collection **Amours d'Aujourd'hui** tous vos auteurs préférés.

Comme chaque mois, en effet, vous y attendent des héros d'aujourd'hui, aux prises avec des passions fortes et des situations difficiles...

COLLECTION
AMOURS D'AUJOURD'HUI :
Quand l'amour guérit des blessures de la vie...

Chère lectrice,

Vous nous êtes fidèle depuis longtemps?
Vous venez de faire notre connaissance?

C'est pour votre plaisir que nous avons
imaginé un rendez-vous chaque mois
avec vos auteurs préférés, vos
AUTEURS VEDETTE dans les
collections Azur et Horizon.

Les AUTEURS VEDETTE vous
donneront rendez-vous pour de
nouveaux livres vedette.

Pour les reconnaître, cherchez
l'étoile... Elle vous guidera!

Éditions Harlequin

HARLEQUIN

LE FORUM DES LECTEURS ET LECTRICES

CHERS(ES) LECTEURS ET LECTRICES,

VOUS NOUS ETES FIDÈLES DEPUIS LONGTEMPS?

VOUS VENEZ DE FAIRE NOTRE CONNAISSANCE?

SI VOUS AVEZ DES COMMENTAIRES, DES CRITIQUES À
FORMULER, DES SUGGESTIONS À OFFRIR, N'HÉSITEZ
PAS… ÉCRIVEZ-NOUS À:
        LES ENTERPRISES HARLEQUIN LTÉE.
        498 RUE ODILE
        FABREVILLE, LAVAL, QUÉBEC.
        H7R 5X1

C'EST AVEC VOS PRÉCIEUX COMMENTAIRES QUE NOUS
ALLONS POUVOIR MIEUX VOUS SERVIR.

DE PLUS, SI VOUS DÉSIREZ RECEVOIR UNE OU
PLUSIEURS DE VOS SÉRIES HARLEQUIN PRÉFÉRÉE(S)
À VOTRE DOMICILE, NE TARDEZ PAS À CONTACTER LE
SERVICE D'ABONNEMENT; EN APPELANT AU
(514) 875-4444 (RÉGION DE MONTRÉAL) OU 1-800-667-4444
(EXTÉRIEUR DE MONTRÉAL) OU TÉLÉCOPIEUR
(514) 523-4444 OU COURRIER ELECTRONIQUE:
AQCOURRIER@ABONNEMENT.QC.CA OU EN ÉCRIVANT À:
        ABONNEMENT QUÉBEC
        525 RUE LOUIS-PASTEUR
        BOUCHERVILLE, QUÉBEC
        J4B 8E7

MERCI, À L'AVANCE, DE VOTRE COOPÉRATION.

BONNE LECTURE.

HARLEQUIN.

VOTRE PASSEPORT POUR LE MONDE DE L'AMOUR.

ROUGE PASSION

De fiévreuses histoires d'amour sensuelles!

De provocantes histoires d'amour passionnées et romantiques qu'on lit d'une seule traite. Aventureuses, parfois humoristiques, et sensuelles, elles mettent en vedette des hommes et des femmes d'aujourd'hui.

ROUGE PASSION... quatre nouveaux titres chaque mois.

GEN-RP

COLLECTION HORIZON

Des histoires d'amour romantiques qui vous mènent au bout du monde!

Découvrez la passion et les vives émotions qu'apportent à la Collection Horizon des auteurs de renommée internationale!

Captivantes, voire irrésistibles, ces histoires d'amour vous iront assurément droit au coeur.

Surveillez nos quatre nouveaux titres chaque mois!

GEN-H

◁ HARLEQUIN ▷

En août, on vous tente avec un livre SUPER PASSION de la série Rouge Passion.

Les livres SUPER PASSION sont un peu plus sensuels et excitants, mais toujours l'amour triomphe des contraintes, de dilemmes et vient réchauffer votre coeur comme une caresse.

Une histoire SUPER PASSION chaque mois, disponible là où les romans Harlequin sont en vente !

RP-SUPER

◁ HARLEQUIN ▷

**Lisez
Rouge
Passion
pour
rencontrer
L'HOMME
DU MOIS!**

Chaque mois, à compter d'août, vous rencontrerez un homme **très sexy** dans la série Rouge Passion.

On peut distinguer les livres L'HOMME DU MOIS parce qu'il y a un très bel homme sur la couverture! Et dedans, vous trouverez des histoires écrites selon le point de vue de l'homme et de la femme.

Les livres L'HOMME DU MOIS sont écrits par les plus célèbres auteurs de Harlequin!

Laissez-vous tenter avec L'HOMME DU MOIS par une histoire d'amour sensuelle et provocante. Une histoire chaque mois disponible en août là où les romans Harlequin sont en vente!

RP-HOM

HARLEQUIN

COLLECTION
ROUGE PASSION

- Des héroïnes émancipées.
- Des héros qui savent aimer.
- Des situations modernes et réalistes.
- Des histoires d'amour sensuelles et provocantes.

LAISSEZ-VOUS TENTER
par 4 titres irrésistibles
chaque mois.

RP-1

69 **L'ASTROLOGIE EN DIRECT**
TOUT AU LONG
DE L'ANNÉE.

(France métropolitaine uniquement)
Par téléphone 08.36.68.41.01
0,34 € la minute (Serveur SCESI).

Composé sur le serveur d'EURONUMÉRIQUE, à MONTROUGE
PAR LES ÉDITIONS HARLEQUIN
Achevé d'imprimer en novembre 2001

BUSSIÈRE

GROUPE CPI

à Saint-Amand-Montrond (Cher)
Dépôt légal : décembre 2001
N° d'imprimeur : 15890 — N° d'éditeur : 9070

Imprimé en France